ヴェールを被(かぶ)ったアンティゴネー

Antigone voilée

フランソワ・オスト
François Ost

伊達聖伸＝訳

小鳥遊書房

†目次

訳者まえがき

もしも、アンティゴネーが現代ヨーロッパに蘇り、イスラームのヴェールを被ったら、いったいどんなことになるだろうか。

「オリジナル」作品に当たるのは、ソポクレスが紀元前五世紀に書いたギリシア悲劇である。アンティゴネーは、彼女の叔父にして王であるクレオンによって禁じられた兄の埋葬を敢行する。若い女性が、年長の権力者を前にして、自分の思想と行動について堂々と胸を張って意見を述べるシーンは有名だ。このあと物語は悲劇に向かって進んでいく。

本作『ヴェールを被ったアンティゴネー』は、このソポクレス『アンティゴネー』を下敷きにした「アダプテーション」（翻案）作品である。主人公の名前はアイシャ。ムスリム女性で、フランスかベルギーと思われる現代ヨーロッパの学校に通っている。アイシャの兄ノルダンは手榴弾の爆発事故で死亡。校長はノルダンをイスラームのテロリストと見なして彼の死を悼むことを禁じ、また学校でのヴェールの着用を禁じる。アイシャは、妹ヤスミナの制止を振り切って、ヒジャブと呼ばれるスカーフを被り、ノルダンの弔いをする。校長の前に引き立てられてきたアイシャは堂々と持論を展開する。さて、このあと物語はいかなる方向に展開するのだろうか……。

イスラームのヴェール着用の是非は、現代社会の難問のひとつである。世俗社会の学校の宗教的中立性と、生徒の良心と信教の自由を両立させるにはどうすればよいのか。一概に答えを出せないこの問題は、イデオロギー論争にも発展しやすい。そして、熱を帯びた議論は、今日の世界では必ずしも民主的討議の成熟を裏づけるものではない。それはむしろ、社会の分断を加速する方向にはたらきかねない。

観念的なイデオロギーから入って敵か味方を早急に判断するのではなく、当事者である個人の具体的な状況を出発点に、それを追体験し、考え、他者に出会い、視野を豊かに広げることはできないか。本作のような文学が、きっと手がかりになるはずだ。

このアダプテーション作品を書いたフランソワ・オストは、いわゆる戯曲家ではない。法哲学を専門とする大学教授である。では、なぜこのような作品を書いたのか。執筆理由の一端は原著者による「まえがき」にも示されているが、この日本語訳の本書では、本編に続いてインタビュー記事を収録し、創作の動機や秘密を探ることができるようにした。また、訳者による解説をつけて、内容理解をいくぶんなりとも深めることができるようにした。

イスラームのヴェールは、現代日本から遠く離れた問題だろうか。確かに、移民や宗教に特化した問題と考えるならば、まだ縁遠く感じられるかもしれない。だが、こうした問題は、実際にはますます身近になりつつある。それに、古代ギリシアに生まれ、このアダプテーション作品によって現代ヨーロッパを舞台に蘇ったアンティゴネーの形象は、#Me too 運動や女性の地位などの問題にもつながっている。

本書は、現代日本に対する問題提起としても読めるはずだ。アダプテーション作品には、さらなるアダプテーションの試みを促すところがあると思われる。思い切り現代日本に引きつけて読んでみるのも、ひとつの読み方だろう。

ヴェールを被ったアンティゴネー

まえがき

私たちは、自分たちのことを近代的（モダン）――さらにはポスト・モダン――で、合理的で、効率的であると思ってきた。そこへ突然、時代遅れ（アルカイック）のものが、再び頭をもたげてきた。対岸の火事ではなく、まさに私たちのいる場所で。私たちは、すべてを分類し、秩序づけていた。コンセンサスをなす価値は公的領域へ、宗教的信念は任意で心のなかへ、または私的領域へと。ところがいまや、すべてが再び混濁している。

私たちは、多元主義を信条にさえしていた。そうすることによって他者を正当に評価している、あらゆる差異に権利を与えていると信じて。そこへ他者――しかし本当に異なった他者だろうか――が、こちらのことを考えてもみよと私たちに要求を突きつけ、ときには私たちを恐れさせ、改めて差異を深めている。私たちの確信は揺らぎ、座標軸はぐらついている。このような新たな状況において、今後どのように自由と平等と連帯を配分したらよいのだろうか。

おそらくはアテネの時代を想起すべきだろう。今から二五〇〇年前に、民主主義について前代未聞の歴史的経験をし、さまざまな政治的な試行錯誤の舞台となったアテネを。自律と平等の体制において、許容と禁止の境界線はどこにあるのか。この集合体の構成において、神々の位置はどこなのか。都市の管轄が及ばなくなり、家庭の支配領域がはじまるのはどの地点なのか。

ジョージ・スタイナーは、各時代はその時代のアンティゴネーを生むと書いた。現代のアンティゴネーはアイシャという名で、私たちの前にヴェールを被って現われる。謎を投げかけ、反旗を翻す一人の女性である。

もちろん、ソポクレスを模倣するとか、ましてや肩を並べるといった思い上がった野心をもつことができる者などいない。ソポクレスは、(国家)理性と良心の対立が以後その枠組みにおいて考えられることになるような言語(ランガージュ)を作りあげたのである。この言語が私たちの世界観を構造づけている。このような言語を再び作りあげるのではなく、むしろ移し替えること。あるいは、翻訳することと言ったほうがよいかもしれない——私たちが経験している試行錯誤の状況において翻訳すること、ヴェールをまとったイスラームという謎を前にして声を重ね合わせてみること。

　というわけで、もしもアンティゴネーがアイシャという名前だったらどうなるだろうか。もしも彼女の良心的拒否がヒジャブの形を取ったらどうなるだろうか。実際にやってみることにしよう。原テクストのもつ力が損なわれないことには、大いに驚かされるものがある。当初と変わらず、今でもいつでも、若者と壮年、女性と男性、私的なものと公的なもの、死者の王国と生者の帝国の対決が主題である。

　コロス〔合唱隊〕の詩的で神話的な素晴らしい歌ばかりは、そのまま翻訳するわけにはいかなかった。おそらく、現代の私たちはあまり詩に馴染まず、共通の神話を共有しなくなったからだろう。そこでこの作品では、コロスの歌に替えて、ニュース、インタビュー、討論などテレビのシーンを用いることにした。それほどまでに、あの小さな画面は、古代のコロスさながらに、世論を映す鏡になっている。世論はためらい、意見を変え、それがテレビに映し出されていると言えよう。また、最後のシーンも、根本的に書き換えることにした。ソポクレスにおいては、家族の不幸がクレオンに襲いかかることになるのだが（妻エウリュディケと息子ハイモンの死）、私としては、イスメネを再登場させ、彼女の人物造形を掘り下げて、カタルシス効果を狙うほうがよいと思った。

いずれにしても演劇という芸術は、二段構えになっており、作品を書くことはせいぜい仕事の半分でしかない。テクストが真の生命を帯びるのは、演出家がそれを自分のものにし、文字の世界では亡霊として半身の生に甘んじながら待機している登場人物に、俳優がその声と顔を与えて生身の姿にするときのみである。たとえば大学生や高校生の劇団が、この作品を自分たちのものにして、あれこれ論じながら演じてもらえたとしたら、筆者の目的は果たされたことになるだろう。それから、テレビのシーンは、時と場に応じて適宜変更を加えてもらっても構わない。どうか各人がこれらを自家薬籠中（じかやくろうちゅう）のものにして、自分らしさをもち寄ってくれたらと願っている。別に観客を喜ばせるための演出であっても構わない。そうすれば、ソポクレスのテクストは改めてその役割を果たすことになるだろう。それは、文学がもたらすものによって、社会の議論を豊かにするという役割である。

この「文学」という言葉には、それがもつべき重みをしっかりと与えなければならない。というのも、当然ながら戯曲は思想の討議や学説の提示とは別物であり、それ以上のことだからである。台詞のやり取りを追っていけば、現実に交わされている法学的、哲学的、社会学的議論が用いられていることは、容易に認められるはずである。けれどもこれらの命題の射程は、フィクションのなかに投げ込まれることによって、根本的な変化を遂げることになる。重要なのは、合理的な証拠を積み重ねて、反論の余地のない結論の提示へと突き進むことではもはやない。重要なのはむしろ、物語の展開を利用しつつ、提唱されるそれぞれの命題を問題化することである。文学は、人間的なものの実験室であり、状況下での道徳的判断の試金石である。それは、最も大胆な限界への通路を前にしてひるむことなく、可能なものの領域を新たに切り拓くものである。

理性の光に物を言わせて白黒の決着をつける代わりに、文学はむしろ明暗が交差する現実生活のなかで、灰色と灰色のあいだ、または灰色と黒のあいだで調停を行なうよう私たちを促す。

そして、もしここでも、二五〇〇年前のアテネと同じように、アンティゴネーの大義が（彼女の命と引き換えにとはいえ）最終的に勝利を収めるのだとしたら、この問題の議論に終止符が打たれることはないだろう。

それから特に演劇は、まさに命題と価値の彼方において、人間的なものの謎に迫る通路を与えてくれる。人間の過剰と欠如と神秘という謎に。二五〇〇年このかたアンティゴネーの顔は私たちを絶えず挑発してやまなかった。大胆勇壮なのか自暴自棄なのか、勇敢なのか狂信的なのか、ともあれアンティゴネーは今日も私たちを新たに魅了する。

というのも、ヴェールは抽象でも教義でもなく、それぞれに異なる一人の女性の秘密だからである。ヴェールを被ったそれぞれのアイシャにおいて、人間性が探求されている。そして私たちは、自由と平等と尊厳がけっして獲得されてはいないことを、改めて知るのである。私たちがすべきなのは、自由と平等と尊厳を、それぞれの出会いにおいてその都度発明することである。この見地から言えば、最も時代遅れのものが最も近代的なものにつながることがあり、最も異質なものであってもそれはやはり同一のものである可能性がある。

現代に蘇ったアンティゴネーの名前はアイシャという。彼女が被っているヴェールは、何を私たちに隠しているのだろうか——いや、むしろ何を私たちに示しているのだろうか。

フランソワ・オスト

二〇〇四年六月

登場人物

アイシャ
ヤスミナ
校長
学校の理事長
役員1
役員2
教員1
教員2
エリック
施設付司祭

〔他にも間奏曲部分の登場人物として、ジャーナリスト（司会者）、ルトリアディス、ジャーナリスト（リポーター）、第一の女性、第二の女性、第三の女性、第四の女性、ディディエ・デスタル、学校の女子生徒1、女子生徒2、男子生徒1、男子生徒2〕

※文中の〔　〕は訳註を示し、詳しい説明が必要なものは番号をふり、作品の末尾に記した。

プロローグ

アイシャ、ヤスミナ

舞台は学校の中庭。壁には掲示板と何枚かの貼紙。幕が上がると舞台上にはアイシャがいる。真白な服を着て、肩にヴェールをかけている。ヤスミナが息せき切って入場。真黒な服装で、ヴェールはしていない。

アイシャ　ああ、ヤスミナ！　やっと来た！　待っていたのよ、愛しくて可哀相な私の妹。

（お互いにしばし抱き合う）ねえ、早く教えて、医者はハサンがどうなるって？

ヤスミナ　相変わらず危険な状態だって。昨日から目を覚まさないし。集中治療室で昏睡状態のまま。お医者様は何も言いたがらない。マスコミは廊下で待ち受けている。そこを抜けてくるのも大変だったのよ。

アイシャ　家のほうは警察が取り囲んでいる。ノルダンの亡骸を写真に収めることもできやしない。でも、最悪なのはそのことじゃない。昨日の晩、学校の執行部が決めたことを知ってる？

ヤスミナ　片方の兄さんが死んで、もう片方の兄さんが事故で重体ってことより悪い話なんてある？　教えて、私のほうはずっと病院で、夜間の緊急を離れられなかったんだから。

アイシャ　校長が全部話を作ってしまったの。あいつら、話をこうと決めたのよ。暴発した手榴弾は、ノルダンのものだった。ノルダンはテロリスト、イスラーム過激派だというの。ハサンはノルダンが手榴弾を使うのをやめさせようとした。嫌がるノルダンと喧嘩になって、やりあっているうちに、とうとう手榴弾が爆発したっていう話。それで今日からは、悪いのはノルダン――もう死んでしまったから都合がいいわね。ハサンのほうは善人で分別がある。病院から出られたら、人様の前に出せる移民になるでしょう。同化を期待してよい移民というわけ。だから、学校じゅうがハサンを応援することになる。授業では手紙を書いて、ハサンの容体がよくなったら代表が病院にお見舞いに行く。

けれどもノルダンに連帯感を示すのは厳禁、これっぽっちだってだめ。犬のように捨てられ、ペスト患者のように隔離されている。考えてもみて、学校に乗り込んだテロリストだっていうのよ！　葬儀に参列なんて、どのクラスも認められっこない。彼のクラスだってね。そこへ校長の仕打ちよ。ここでは宗教や政治の所属を表わす標章はすべて禁止っていう紙を、今日の朝にも貼るつもりらしい。ヒジャブの着用も禁止。従わない者は即刻退学処分だとか。ねえ、どう思う？　家族をバラバラにされたままでいいの？

ヤスミナ　アイシャ、声が大きいわ。何てひどい話。私たちが喪の悲しみで打ちひしがれているところへ。もう私の目は涙を流すためだけのもの。何も見たくない。目を閉じてしまうの。そしてすべてを忘れたい。眠ること、眠ること……。

アイシャ　ヤスミナはおやすみなさいの時間ってわけね！　さあ、来るのよ。一分たりとも無駄にはできないんだから。

ヤスミナ　何をするっていうの？　ノルダンは死んで、ハサンは死にそうなのよ！

アイシャ　あいつら、二人を敵同士ということにして、私たちに恥を塗るつもりよ。ヤスミナ、顔をあげて、しっかり前を見なさい。ノルダンの写真を探してきて、何十枚もコピーして、そこらじゅうに貼りまくるの。校長の訓令が貼られる前にね。花とろうそくも買う。学校じゅうをノルダンの顔で埋め尽くすのよ。

ヤスミナ 気は確かなの、アイシャ。退学になるわ！

アイシャ だから何？　この学校でまだやらなければいけないことなんてあるかしら。

ヤスミナ （横を向き、顔を手で覆う、それからアイシャに向き直って懇願するように）アイシャ、私にはもうあなたしか残されていないの。お父さんは死んでしまった、辱めを受けて。お母さんも死んでしまった、悲しみで。そして昨日は二人の兄さんが殺しあった。これでもか、これでもかと不幸がやってくるのに、あなたにはまだ充分じゃないの？　あなたが退学になったら、私はここで一人ぼっちよ。あなただって、修了証書すらなくてどうするつもり？

落ち着いて、アイシャ。私だって苦しいんだから。二人とも昨日は眠らなかったでしょ。私は頭が真っ白だし、喉も詰まっている感じ。私たちに必要なのは時間だけ。まずはハサンの命に望みをつなぎましょう。それから時間。忘れるには多くの時間が必要だわ。ちょっと眠るのよ。目が覚めたら、きっと物事が違って見えるようになる。

アイシャ そんなこと絶対にないから。成りゆきまかせなんて問題外。今こそ私たちは、私たちの大切な人たちのために行動しなければならないの。お父さんは辱めを受けて死んだのではないわ。殉教よ。そしてその痛みは人がいつの日か自分の奥底に見つけるもの。お母さんも悲しくて死んだのではないわ。運命を分かち合った、ただそれだけ。今度は私たちが強くなる番。ノルダンは今、家族を必要としている。彼を墓に横たえる、もはやこの世にいない母親を必要としているのよ。

ヤスミナ でもアイシャ、あなたがノルダンの母親なわけないじゃない……。

アイシャ 母親でも、妹でも、恋人でも、別になんだっていいわ！　とにかく誰かが付いていてあげないと、彼が自分で墓まで歩いて行くってことはありえないんだから！

ヤスミナ エリックはどうなの？　婚約者がいるのはいいことよ。彼の腕に抱かれて思いっきり泣いてらっしゃい。ハサンの看病は私に任せて。

アイシャ 私の愛する者たちは死んでしまった。もはや私が身を落ちつけることができるのは、愛する死者たちのいるところだけ。彼らの顔を奪った死。きっとその死が私にも、少しずつ、親しい友のようになってゆくのだわ。

ヤスミナ アイシャ、聞こえてる？　あなたのしようとしていることは、私たち二人を破滅に導くものだってことがわかっているの？

アイシャ 耳が聞こえない、そうね、お父さんは目が見えなかったようにね！　でも、耳

が聞こえない私にも、声なき者の呻き声は聞こえるのよ。（ゆっくりと頭にヴェールを被って整える）

ヤスミナ　アイシャ、だめよ、そんなこと！　あなた今までそんなもの被ったことないじゃない。

アイシャ　そうよ。だからよ。今だからやるの。

ヤスミナ　でもアイシャ、イスラームは神に身を委ねるよう定めているのを知っているでしょう。ムスリムとは、神の意志を信頼して自分を放棄すると口にする人のこと。私たちは若い女にすぎないし、先祖の国ではない国で、支援もなく暮らしている。神の望みで私たちは、数々の不幸に打たれ、頭を低くすることを余儀なくされている。どうやったら校長の訓令に逆らえるの？　私たちは耐えるしかない。たとえ心のなかではハサンとノルダンの味方でもね。

アイシャ　今、私たちを必要としているのはノルダンのほう。ハサンのほうは、奴らに祭りあげられてしまった。それにあなたいけないわ、ヴェールを被るのを諦めさせようとしてイスラームに訴えるなんて。ひどい詭弁ね！　恥を知りなさい！　今、お兄ちゃんの傍にいることを示す唯一の手段、それがヒジャブを被ること。だから私はヒジャブを被るの！

ヤスミナ ずるいわ、アイシャ。いつだってあなたは極端なんだから。それで私の苦しみのほうはどうしてくれるわけ？　あなた一人で苦悩を独占はできないのよ！

アイシャ もちろんあなたのことは忘れていない。だから私とともに行動しましょうって言っているの。

でも、わかって。校長の訓令が貼られた時点で私の味方じゃない人は、私の敵になる。

ヤスミナ ということは、一歩も引かないつもり？　あなたは誇りが高すぎて、不幸を受けているというより、わざわざ挑発して呼び寄せているみたい。いいわ、あなたが決心を固めたのはわかった。でも、これだけは言わせてちょうだい。写真と花とろうそくはいいでしょう。でも、ヴェールはやめて。すぐに校長からお咎めを受けるわよ。

アイシャ まさにそのために私は被るの、このヴェールをね。学校じゅうに知らしめるの、私たちの家族は文句も言わずに膝を屈したりはしないとね。街じゅうがそのことを知ることになるわ、そして明日には国じゅうが。

ヤスミナ 最後のお願いよ、アイシャ、そんな馬鹿げた計画はやめてちょうだい。とても私たちの手に負えないわ。ノルダンやハサンにも歯が立たなかったでしょ。あなたは全部ごちゃ混ぜよ、手榴弾、ヴェール、イスラーム、家族の名誉。あの人たちにかかると国家の事件になる。私たちは歯車に巻き込まれて押しつぶされるわ。

アイシャ ヤスミナ、もうあなたの言うことは聞かない。ここで対岸の火事でも見物しているといいわ、どうぞご自由に。私はもう向こう岸に渡った。妥協と卑怯を繰り返すこの国の何物も、もはや私をぐらつかせることはできない。(出口を目指して行く)

ヤスミナ 兄弟が取っ組み合いをしたあとで、姉妹は引き裂かれなきゃいけないわけ?アイシャ、これだけはわかってほしい。私にはあなたを嫌いになるなんてできない。いくら私を罵ったっていい、それでも私はあなたの妹で、あなたを愛し続ける程度には、私だって狂っているんだから。

最後のセリフを言っているあいだに、舞台上はヤスミナ一人になる。

第一間奏曲

学校の執行部が入場。理事長に続いて二人の役員。理事長は電話中。

理事長　ええ、そうです。このノルダンという生徒は反抗的で問題児でした。(低い声で二人の役員に)『ル・マタン』のジャーナリストからだよ。この生徒の情報をいろいろと集めています。のちほど、もう少し詳しくお話しできるだろうと思います。ハサンですか？　こちらは打って変わって魅力的な少年です。親切で、すっかり溶け込んでいて。いい生徒でしてね、我が校の体操クラブの中心選手です。(……)二人が何を話していたかですって？　いやあ、まったくわかりませんな。調べたら、もう少しはっきりしたことがわかってくるでしょう。我が校では常日頃より、あらゆる文化の統合に心を砕いてきました。そのことには疑いの余地はありませんよ。……いずれにしてもハサンの嫌疑は晴らさなければなりますまい。（……）いえ、いえ、違います。何を根拠にそうおっしゃるのですか。（……）

他にも兄弟が学校にいるかですって？　いいえ、しかしアイシャとヤスミナという姉妹がおります。二年前、御両親が悲劇的な亡くなり方をいたしまして、残された子どもを受け入れたのです。我が校の名誉にかけて。よくできる生徒が入ってきたものだと、我々も満足でした。

（……）まさか、そんなこと！　失礼ですが、それ以上は言わせませんよ。学校での政治活動、イスラーム主義のプロパガンダ、そんなものは一切ありません。我が校では生徒は全員平等で、所属を表わすものは外に置いてくるのです。その点につきましては、我が校の方針は非常に明確です。連絡先を伺っておきましょう。本日中にもご連絡いたします。

（……）そうですか、そうおっしゃるなら（……）

どんな対策を取るのかですって？　その点はうちの校長からの説明を聞いてもらえないでしょうか。校長のことは我々も先ほどから待っているのですよ。（……）そうです、おっしゃる通りです、電話するよう伝えます。
それではのちほど。
（受話器を置き、二人の役員に向かって）やれやれ、鮫が血の匂いを嗅ぎつけおった。奴ら、狙った獲物は離さないからな。一時間もしないうちにやって来るぞ。準備しておかないと。

役員1　ノルダンとハサンが転校してきてからの成績表と担任の意見を集めておきます。データをまとめて整理しておきましょう。

役員2　二人の姉妹はどうします？　放っておいたら、マスコミの餌食になること必至です。目を離さないようにしないと。

役員1　ハサンの容体について、何か新しいことは？

理事長　何もないよ。膠着状態だ。

役員2　学校から誰か、病院へ遣っておかないと。目を覚まして、何か言い出す可能性もありますから……。
学校にテロ組織があるかもなんて話が出てこようものなら、我が校の存続にかかわります。テロの強迫観念が支配していますからね、最近は……。ほら、そこに新聞の見出しが見えますけれども、「見習いテロリスト、化学の授業で実験」とか、「テロリストの学校、校内で勧誘」とか。

理事長　校長になった最初の週から、こんなことになるなんて、あの人も災難だな。それ、噂をすれば影だ。

第一エペイソディオン

第一場

校長、学校の執行部〔理事長・役員〕
校長入場、手には書類の束。

校長　どうも、みなさん、お役目ご苦労さまです。
　みなさんも、昨夜はよく眠れなかったのではとお察しします。このご時世に校長というのも楽じゃありませんな。前任者は半年間もちこたえました。私が校長になってまだ三日も経たないというのに、このような一大事に対応することになろうとは。けれどもどうかご安心を。立ち向かう覚悟はできております。一致団結でのご協力のほど、よろしくお願いいたします。繰り返すには及びますまいが、状況はこのうえなく微妙で厄介です。全国の目が私たちに向けられます。我が校は狙いをつけられているのです。ちょっとでも不手際をやらかしたり、迂闊なことを口走ったりしたら、とんでもないことになります。ですから、断固たる態度で、言っている内容が食い違ったりすることのないようにしなければなりません。

以後、私たちの行動の原則がぶれてはなりません。その原則とは、学校の中立性を厳格に守ることであります。譲歩や妥協の余地は一切なしです。ごくわずかの躊躇(ちゅうちょ)さえ、責任放棄の甘やかしと見なされるおそれがあります。学校が統合の場であろうとするかぎり、個別の文化や思想や宗教には、一寸(いっすん)の媚びも売ることはできないのです。

もしも私の思い通りになるのなら、制服に戻したいところですが、当面はすべての子どもたちが学校では完全に平等ということで満足いたしましょう。しかし、制服にできないことは仕方がないとして、少なくとも目立つものがあってはならないと私は考えます。論争を引き起こすような標章は、これっぽっちだってだめです。

昨日の悲劇的な事件のあとで、もう間違うことはできません。ですから、物事ははっきりさせておかなければなりません。ノルダンは、手榴弾を手に入れた。その理由は、これからの調査で明らかにされるでしょう。その手榴弾を見つけた兄のハサンは、弟からそれを奪い取って、爆発しないようにしようとした。そうして喧嘩になったところで、不幸にも手榴弾の止めピンが外れてしまい、ご存じの結果になったというわけです。ハサンが回復したら、これら一連の事実の流れを確認してくれるでしょう。

さて、ここから数日が正念場です。そこで断腸の思いでこのように決めたのです。お耳を拝借。（持ってきた紙を読みあげる）

一、ノルダンの級友は葬儀に出席しないこと。当校の生徒、教職員および執行部も同様で、いかなる者も参列してはならない。

二、ハサンが意識を取り戻したのちは、全校生徒を挙げて支援すること。

三、本日より、学校では宗教や政治の所属を示すいかなる標章も容認されない。これはイスラームのスカーフの着用も含むものである。期間は無期限とする。

四、上記の規定に背く生徒は、即刻退学とする。

（役員の一人に向かって）この訓令を掲示していただけますでしょうか。別の校舎には私が貼ってきました。

役員は実行に移る。

理事長　これで状況が制御できるよう、期待いたしましょう。万が一ハサンも亡くなってしまった場合には、学校を挙げて彼に連帯を示すことになりましょう。ところで、ノルダンの葬儀について思ったのですが、二人の姉妹は例外としなければならないのでは？

校長　その点は私も考えてみました。ご想像いただけるでしょう。しかし、例外は認めないというのが答えです。姉妹だからと容認したら、姉妹の許嫁も出てくるでしょう。すると今度は、親友はどうしていけないのかという話になってきます……テロリストですよ、たぶん。だめです。原則は原則として守らなければなりません。ここでは私はアイシャとヤスミナを当校の生徒と考え、犠牲者の近親者とは考えません。今回の事件において、私の役割は我が校の名誉を守ることであります。ご理解いただければ幸いです。

理事長　それをみんなマスコミに説明していただかないと。さっき『ル・マタン』の編集部から電話があってね。午前中のうちに校長から連絡すると約束してしまったのだよ。

校長　承知しました。今一刻を争うのは、これをどんどん学校の掲示板に貼っていくことです。生徒が登校してくる前に。

（紙の残りを理事長の前に差し出す）理事長もお願いします。

第二場

校長、学校の執行部、教員二人
照明を弱める。校長は電話をかけるために舞台の隅へ。
舞台のもう片方の隅では、役員が話し合っている。突然、二人の教員がまごついた様子で登場。

教員1　校長先生、私たちは二人で参りました。どちらも一人では決められなかったわけでありまして、はい。

教員2　ひょっとすると、いいえかもしれません。二人で説明したかったということですね、校長先生。

校長　二人とも、いったい何の話だね？

教員1　ひと思いに言ってしまいます。私はこの話とは無関係です。私は今朝七時半に勤務を開始しました、いつものように。

教員2　私もです。いつもより電車が早いくらいでした。珍しいことですが。

教員1　私もはっきりさせておきたいのですが、今日にかぎって、私はそこまで早く学校に来てはいけなかったのです。それというのも、同僚の朝の労働時間を奪ってしまったことが以前にありまして、そいつを喜ばせたかっただけなのです。

教員2　でもさ、いつのまにか、おまえもいたじゃないか。私もそうだけど。そこのところは認めなくちゃ。

校長　おいおい、二人とも、いつになったら何の話かちゃんと説明してくれるんだい？

教員1　もっけの幸いとは、校長先生がここに役員の先生方と残っておられたことです。もしもご自身の目でお認めになったら、何とおっしゃったことか！

校長　何を認めるって？

教員1　本当にお知りになりたいということでよいですか？　だったら怒ってはなりませんよ、私たちは関係ないのですから、この点をはっきりさせておかなければなりません。

校長　（役員のほうを向いて）これだけ訳のわからないことを聞かされて、何かおわかりになりましたか？

教員1　いいですか、いいですか、このことは私たちの勤務開始時間よりも前に起こったに違いありません。七時半よりも前です。このことは確かです。

教員2　そうです、全部をしかるべき位置に置くには時間がかかったでしょうからね。一分でできるような仕業ではありません。
校長　だから何をしたというのだね？
教員1　言ってもいいんですね。ノルダンはご存じですよね？　ハサンの弟で、二年B組で、爆発で頭が吹っ飛んでしまったという、例の生徒です。
校長　だからノルダンがどうした？　蘇ったという話は聞いていないがね。
教員1　そうじゃありません、でも今朝、彼はいたるところにいるのです。そこいらじゅう、彼の写真です。全クラスの扉、廊下、体育館、食堂。校長先生が出された訓令の上にも一枚貼ってありました。
教員2　そうです、そして二年B組の前には、小さな祭壇のようなものまで設けられておりまして、花とろうそくが手向けられています。
校長　どんな写真だ、文章もついているのか？
教員1　ただの写真です、文章はついていません。コピーされたものが、急いで貼られていった様子です。
理事長　（わかった様子で）なるほど、これは外部の仕業だぞ。学校の内部でそのようなことができる者はいない。一団か一味か組織か、とにかくそんなのが夜のあいだに学校に潜入したものに違いない。

校長　そうですとも、私たちはここにいたのですから！　もちろんですとも！　組織だって？　言っておくべきでしょうな、学校というのは駅のホールみたいに自由に出入りできる場所で、誰もが自分勝手に振舞おうとする。潜り込んでしまえば、テロ組織網の隠れ家ともなるわけです。学校から一歩外に出たら、外国権力が我が国で活動しているのも同然と言っていいじゃありませんか？

まったく、ばかげている！　こんな事件、ここですぐにでも決着をつけてやる。汚れた服は家族で洗うものってことわざにも言うだろう、これは内輪で片付けるんだ！　それに犯人は目の前にいるんだからな。犯人じゃなくても、少なくとも共謀者だ。

（二人の教員のほうを向いて）不注意だったおまえたちが悪い。おまえたちには、私の訓令を尊重する責任があった。そもそも、七時半には何をしていたのだ？

教員2　そんな、いつも通りにしていましたよ、校長先生。本日最初のコーヒーをすすりながら、昨日からの出来事について話していたのです。

校長　ほれ見たことか。そうしているあいだに、ゴロツキどもは校内を暴れまわっておったのだ……。

さあ、ひと思いに言ってしまえ。この悪党連中に、おまえたちは実は共感を抱いてやまないのだろう。うまくいったのは、つるんでいたからだ。おまえたちが警戒を弱める、するともう次の日には奴らがのさばっている。おまえたちは、もう奴らにうんともすんとも言えんのだろう。いつになったらわかるんだ、こんな調子でやっていたら、必ず負けるということを？　奴らを手懐けているつもりかい？　ふん、目を覚ましな。おまえたちが大人の役割を放棄すればするほど、奴らは舐めてかかってくる。学校に必要なのは規律だよ。我々の周りじゃ、みんなさじを投げている。家庭も、メディアも、社会も。学校だけが、最後に残った価値の砦なのだ。子どもたちが顔を合わせて社会の一員となっていく最後の場所、多様性のなかで市民権を鍛えあげる場所、それが学校なのだ。だから文明の名に値しない無作法は、これっぽっちだって受け入れてはならんのだ。今日ある挑発を容認したら、明日は違反が十倍になって返ってくる。

（突然、第一の教員のほうを向いて）ところでおまえは、どうして自分の勤務時間を別の教員と入れ替えたりしたんだ？　正確なところをちゃんと知っておきたいと思うのだがね。

教員1　だから同僚のためだって、もうお話したじゃないですか。遠回しに含みをもたせるのは、やめてくださいよ……。結局のところ、二人の生徒が家で殺し合ったとしても、それは私のせいではありません。それから、あなたの訓令が今日破られたというのなら、おそらくは内容を再検討すべきなのではないでしょうか。

校長　これはお見事、私に教訓を垂れてやれというのだな！　規則が破られたのは、その規則が悪かったからだと。悪いのは規則を破った者だとは考えないのかね？

教員2　考えますとも。しかしそうだとすると、生徒一人に教員一人を雇って付けてあげなければなりますまい。夜間の警備員も増員です。その手立てが学校にありますかね。

校長　もう充分だ！　一時間もしたらテレビが来る。マスコミ連中はいたるところにカメラを回して、隅々までほじくり返すぞ。いいかおまえたち、あいつらには一言も喋ってはならん。校舎を回って貼り紙を剥がし、花とろうそくを見えないようにして、犯人をここまで連れて来るんだ。ここでの仕事を続けたかったらな。

教員1　なんと、脅迫ですか？

校長　何か文句あるか、犯人を連れて来るか、お払い箱かだ。学校の存続がこの事件にかかっているのだぞ。

二人の教員退場、校長もそれに続いて退場。学校の役員は舞台上にとどまり、
大画面のほうを向く。

第二間奏曲

大画面が点灯。テレビのニュース番組の舞台装置。司会者にクローズアップ。

ジャーナリスト〔司会者〕　みなさん、おはようございます。

今朝は特集です。どの新聞でもトップニュースですが、ローマ通りの悲劇的な事件。すでにノルダン・ラブダウイというマグレブの若者が一人死亡しています。彼の兄ハサンは現在も集中治療室におり、こちらも死亡のおそれがあります。実は、事件の状況はまだよくわかっておりません。確かなのは、出所不明の手榴弾が爆発し、二人の高校生の住んでいたアパルトマンが大きな被害を受けたことです。二人が通っていた学校に今朝、電話が通じました。校長によりますと、二人の兄弟のうち分別があるほうだというハサンが、ノルダンの計画に反対しているうちに、思わず爆発が起きて死傷者を出してしまったようです。これからの調査で、この仮説は検証されるでしょう。現時点で捜査はすでに、首都のイスラーム主義過激派ネットワークへと向かっています。爆発した手榴弾の本当の標的は何だったのでしょうか？　テロの組織網は学校の内側にまで食い込んでいたのでしょうか？　このような疑問がどうしても湧いてきます。大きく見れば、今回の悲劇的な事件が提起しているのは、移民統合の問題です。関連して、多文化社会や異文化交流の可能性という問題です。

今朝はこの問題を議論するため、スタジオには哲学者のアクセロス・ルトリアディスさんをお迎えしています。ルトリアディス先生、この悲劇的な事件についてどう思いますか？

ルトリアディス　よいですか、何よりもまず、私がみなさんに呼びかけたいのは、どうか冷静にということです。そしてこの事件をより適切な位置に置くことです。実際のところ、この少年が何者なのか、動機は何だったのか、事故の具体的な状況はどうであったのか、私たちは何も知らないわけです。狩猟事故は日常茶飯事ですが、別に野蛮な侵略の脅威を連想するわけではないでしょう。

ジャーナリスト　とはいえ、今回の事件は手榴弾ですよ……。

ルトリアディス　毎回シナリオは同じです。私たちが説明不可能な出来事にぶつかります。そこにわずかでも人を震えあがらせるようなものがあるとしましょう。すると私たちは、見えない敵をすっかり拵（こしら）えて、この幻影に、一種の犠牲の山羊に、あらゆる私たちの問題の責任をなすりつけてしまう傾向があるのです。治安に不安がある時代には、いつでも外国人がこの役回りを負わされてきました。自分の文化的アイデンティティをみずから進んですっかり放棄しないかぎり、人びとの警戒心は膨れ、暴力が降りかかってくるのです。しかも、ここにはよく知られたピグマリオン効果というものがありまして、外国人のほうが外国人を糾弾する目で自分のことを見るようになってしまうのです。すると外国人は、今度は西洋文明という大悪魔に反乱の戦いを挑む心を固めた人物像をも作りあげてしまいます。こうして政治的イスラームという罠に落ちるのです。それはもはや『コーラン』の精神的イスラームとは何も関係ないものでして、『コーラン』は平和と寛容を教えるものです。

ですから、社会が想像から作りあげた意味と闘うのが急務です。大悪魔だとか、イスラームといえばどれも狂信的だとか、石打ちで人を殺す刑を説く神学があるだとか、このようなイメージが私たちを誤らせてきたのです。話し合うことが急務です。ただ話し合うのです。お互いの幻想によって作られた相手とではなく、あるがままの相手と向き合って。

ジャーナリスト　先生、しかしですね、今回起きたのは暴力行為です。対話ではないと思いますが。

ルトリアディス　違います。今回起きたのは偶然の事故です。その原因は詳細が判明するまでわからないわけです。いいですか、それでも私はテレビカメラの前でお話しするからには次の点を強調しておきたいのです。私たちの社会がここまで発展を遂げ、創意工夫を凝らし、寛大になったことはありません。このことはもっと強調してしかるべきでしょう。そのことを自覚し、誇りをもつこと。わざわざ自分から土台を切り崩しにかかるには及びません。社会保障、皆学制度、人権、これらはみな私たちの文明が産み出してきたものです。

もちろん、この遺産は脆弱なもので、私たちがそれを浪費してしまわないともかぎりません。来るべき世代が日々、正義と連帯を再創造しなければならないのです。そのためにはこうすればよいという出来合いのものはありません。プラトンが『プロタゴラス』

のなかで言っているように、政治の知恵を独占できる者は誰もいません。大臣だろうと、学校長だろうと、それは変わりありません。全員が、あらゆる段階において、議論しなければならないのです。私たちは今日グローバル化の試練に直面しています。その側面のひとつが、移民の波なのです。

もちろん哲学者は出来合いの解決策はもっていません。けれども次の点に注意を喚起することはできます。それは、私たちが外界に対して自分自身を閉ざし、理念から遠ざかったときには、暴力と失敗を招き寄せるところまで後退してきたということです。反対に、開放的な態度をとり、人間の可能性に信頼を寄せたときには、私たちの生活は豊かになり、可能性がどんどん膨らみました。ですから今日の課題としては、私たちが恐怖に突き動かされて孤立することのないよう注意する必要があるわけです。

ジャーナリスト ルトリアディス先生、あなたのお話は、恐怖による支配を企むテロリストの肩を持つことにならないでしょうか?

ルトリアディス 私がした話は、みんなのためのものであって、誰か特定の人のためのものではありません。よい排除も悪い排除もないのです。

ジャーナリスト なるほど、この謎のような言葉の解釈はお任せしましょう。

さて、次です。明日の閣僚会議は……

テレビの音と照明は徐々に消えていく。番組のあいだ、役員はテレビを注視している。受けた印象を囁きあったり、ときには情報やコメントにあれこれ声を上げたりする。

第二エペイソディオン

第一場

アイシャ、教員二人、学校の執行部役員

理事長　そんな！　夢だろ……。まさか、まさかアイシャが！　ありえない……。どれだけの不幸が、なおもこの呪われた家庭を襲うというのだろうか？　あの温厚な、模範生のアイシャが。

教員がヴェール姿のアイシャを引き立てて入場、彼らの前に突き出す。

理事長　そもそも、どんな証拠を掴んだのだい？
教員1　退学処分にするには充分な証拠です。
しかし、校長先生はどこです？　反応が見たいのに。やれ、危険なネットワークだとか、傍若無人の一味だとかおっしゃっていましたからね……。
理事長　お静かに。ほら、校長先生ですよ。

第二場

アイシャ、校長、教員二人、学校の執行部役員

校長　なんだ、おまえたちか、今度はどうしたのだね？
教員1　お探しの犯人を連れてきたのです。怒鳴り散らしたり、脅したり、大変でしたからね。悪党一味を探しに出かけ、悪巧みをしていないか調べて参りました。それでこちらの女性が、お探しの陰謀です。学校の脅威です。傍若無人の女性です。我々の取り決めの獲得物であります。

校長　いったい何の話だ？

教員2　彼女が貼り紙をしていたのです。ノルダンの貼り紙です。思い出してはならないとあなたが禁じた、あのノルダンです。貼り紙、花、ろうそく、これらの飾り物すべての張本人が彼女です。

校長　彼女が貼り紙をしていたというのは、確かなのか？　もしかして、剥がして大切にとっておく……ゴミ箱に捨てられないように、ということではないのか？

教員1　さすがのご見識。いや、そのようなことはありません。先ほど別れましてから、我々教員二人は校舎を隅々まで回って写真を剥がしたのです。二二枚見つけました。え、二二枚というのは正確な数です。それから最初の地点に戻ってみますと、そう、図書館の入り口側ですが、ノルダンの顔がまた貼り付けられていたのです。扉のどまんなかに。縁の糊はまだ乾いていません。あとは簡単で、跡をたどっていけばよいわけです。「次の糊はこっちだぞ！」。いたるところにノルダンです、だんだん急いで貼っていった様子がわかります。曲がっていたり、少し剥がれていたり。きっと走ったに違いありません……。すると突然、二年生の廊下のところで、高校のマタ・ハリことマドモワゼル・アイシャその人が、地面に膝をついて、マッチを擦っているじゃありませんか。

教員2　私たちは彼女を捕まえました。彼女はなすがままです。ひと言も口をきかず、抵抗のそぶりも見せず。彼女のリュックサックには、まだ十枚くらい写真がありました。「おまえの仲間はどこにいる?」と尋ねましたら、「私が一人でやりました。仲間はいません」と答えました。というわけで今、校長先生の目の前に、学校を揺るがす彼女がいるのです。

校長　アイシャ、報告は聞いたな。先生の言う通りだと認めるか?

アイシャ　何も言うことはありません。

校長　それは先生の証言を認めるということだな?

アイシャ　私です。私が一人でノルダンの写真を貼りました。そして再開可能になれば、またやります。

校長　(二人の教員のほうを向いて)ご苦労。これで用は済んだ。しかし警戒は怠らないように。彼女の仲間が学校にいないと決まったわけではないからな。したがって、たるむことなく監視を続け、あとから報告するように。

教員1　(もう一人の教員に耳打ちして)だってさ。さもないと、こっちも辞めさせられてしまうかもね。

第三場

アイシャ、校長、学校の執行部役員

校長　さて、アイシャ、これでおまえと私の一対一だ。まずは教えてもらおうか。おまえは知っていたのか、おまえの兄についての私の訓令を？

アイシャ　知らないでいるほうが無理です。いたるところに貼ってありましたから。

校長　よろしい。ということは、わかっていて、わざと、自分から、私の訓令を破ると決めたのだな？

アイシャ　そうです。よく考えて、自分一人でやりました。あなたには、私の二人の兄を敵同士にする権利はありませんでした。ノルダンを私たちから切り離し、一人ぼっちにし、犬のように見殺しにする権利はなかったのです。私が私の宗教を表明しないようにする権利もなかったのです。

校長　きっとおまえは知らないのだな。学校では校則が支配していて、生徒はそれを守らなければいけないのだということを。

アイシャ　校則は守ります。ただし、その規則が正当ならばですけれども。この国では、良心の自由の侵害は認められていません。そればかりではありません。この国では人が自分の信念を嘘偽りなく表明する権利が禁じられているでしょうか。このことを知るのに、法学者である必要はありません。

理事長　大胆だぞ、この小娘は。血筋は争えないものだな。生前の父親にも常軌を逸したところがあった。得体の知れない一家だ、まったく。

校長　そしてテロリスト一家でもある。態度を改めるよう言い聞かせよう。いや、しかし、なんという傲慢さ、そして感情のほとばしりだろう！　我々の統合の努力を挫くのに、まったくこれ以上のやり方はあるまい。築きあげるのは何年もかかる。それをこの尊大な態度で、すべて台なしにしようというのだ。とんだ模範生だ！　いや、待てよ？　そうだ、妹のヤスミナ。見張りもつけずに泳がせておくのは危険だぞ。（役員の一人に向かって）お願いですが、教員に言って彼女をここに連れて来させてください。妹が姉の話の接ぎ穂となるかもしれない。姉妹両方に会って、すぐにもこの反抗を終わりにしてやろう。

（アイシャに向かって）おいアイシャ、私の訓令を破ったらどうなるか、わかっていたのだろうな？

アイシャ　もちろんはっきりと。「四、上記の規定に背く生徒は、即刻退学とする」。だから、私を即刻退学処分にする、ということですよね……。

校長　いいか、まだ折れる余地はあるんだ。ものは相談だが、写真とろうそくは心のなかにしまっておくこともできる。結局のところ、おまえはあいつの妹だしな。ノルダンのことで苦しみ、ハサンのことを心配している。もしもおまえがもうしないと約束してくれたら、私も今回のことには目をつむろうじゃないか。もちろんそのヴェールも外さなくちゃいけない。学校でするものではないからな。よく考えるんだ、チャンスは一度きり、おまえの妹とおまえ自身のためだ。そしてハサンが学校に戻ってきたら、この残念な事件のことは忘れるんだ。さあ、どうだ？

アイシャ　嫌、嫌、嫌！　私は忘れたくない。ヴェールだって外さない。私を退学処分にしたら、ハンガーストライキで抗議します。この学校が私の家。私の学校ですから、私の家です。でも、あなたが私を退学にしたら、私は死んでしまいたい、ノルダンのように。ずるい奴らがのさばって、家にはもう住めなくなって、もはや正義が認められないのなら、人心地のつける唯一の場所が死になる。腐ったあなたの世界はもうたくさん。私の愛する人たちはみんな、向こう側へ渡ってしまった。今となっては、その人たちに早く会いたい。

校長 また随分な狂いようだな！　このヴェールなんか、おまえには何の意味もないじゃないか、これまで被ったこともないのに。きっと父親に強制されたんだろう。

アイシャ 父はもう死んでいます。

校長 だったらおまえの家の男だろう。兄弟か、近所のイマームか、そこまでは知らんがね。若い女がこんなふうに自分を卑下して、心から喜んで男の法に従う決心を自分でするなんてありえないさ。賭けてもいいが、おまえは『コーラン』がヴェールについて語っている箇所の引用を私に聞かせることすらできないだろう。

アイシャ 法は心のなかにあって、テキストにはないこともあるのです。

校長 それでも結局のところ、そのヴェールは女性の従属の象徴じゃないか。

アイシャ そのように言っているのはあなた。初めて私は、自分がとうとう一人の人間になれたような気がする。初めて私のほうが、男性の視線を受けるというより、導いているのです。

校長　中世に戻りたいっていうのか？　マグレブの女性たちは、男性支配からの解放を求めてきたというのに。おまえは彼女たちのことを考えたのか？

アイシャ　では、キリスト教の修道女たちがヴェールを脱ぎ捨ててからどれくらいの時間が経ったのでしょうか？　どうしてすべての人が同じ速度で進まなければいけないのですか？　どうしてすべての人が同じ方向に行かなければならないのですか？

校長　おまえは自分が擁護しているものが何かわかっているのか、無知蒙昧（むちもうまい）主義、無知への権利……。

アイシャ　あなたのような人に、ヴェール、イスラーム、ムスリムの何がわかるのですか？　あなたの考えはいつも現実離れしている。ヴェールの意味もイスラームの意味も、ひとつきり。でも、被る女性の数だけのヴェールがあるのです。それぞれの人生、希望、恐怖。他の人とは取り替えられない歴史が刻まれているのです。イスラームだって、ひとつじゃない。時代とともに変わり、地域によって異なる実践があるのです。

校長　そうだとも、それで我々のところでは、イスラームは文明化されており、ヴェールを被ったりはしないのさ。

おまえにはわからないのか？　そんなふうにヴェールを被ることは、ノルダンをはじめ、すべてのテロリストの大義を擁護することになるのだぞ。アイシャ、おまえの行為によって得をするのはテロリストだ。そうしたらもう我々の手には負えない。

相手に受け入れてもらうときには、相手のしきたりを尊重し、礼儀正しくして、顰蹙を買わないようにするものなのだ。たとえば我々がカトリックの宗教行列を組んで、カイロやアルジェの街を練り歩いたとしたら、おまえの一味は何と言うだろうか？　ノルダンはこの基本的な取り決めを破ったのだ。今日から彼の名前を担ぎ出す者は、ここにはいてほしくない。

アイシャ　よくもまあ、ノルダンの名前をそんなに軽々しく口にできるものですこと！　彼の目はまっすぐだった。彼が私たちの傍に来ると、すべては簡単になり、明るくなった。彼は私たちに力をくれて、生きるのは楽になった。彼のことをあなたは何も知らない。何が起きたのかもまったくわかっていない。手榴弾を隠し持っていたのは、ハサンだったのかもしれない。そしたらテロリストはハサンのほうなのでは？　あるいは二人ともテロリストだったのかもしれない、闘争のために兄弟固く結束して。はたまた二人ともテロに反対だったのかもしれない、それで手榴弾を隠して被害が起きないようにしていたというわけ。話をすっかりでっちあげたのはあなたよ。ノルダンは悪人、ハサンは善人。ああ、そうだとしたらなんて簡単な話なんでしょうね！　意地悪なノルダンは都合よく死んでくれて、英雄ハサンは負傷から立ち直ったら白馬の騎士として凱旋する。あなたたち男はいつでも物事に白黒をつけたがるけど、人にも白黒をつけないと気がすまないのかしら。死人が一人、さあお葬式をあげようか、それともノルダンみたいに忘れ去ってしまおうか、ただそれだけ。もう終わったこと、さあ新たなページをめくろう。大事なのは学校を明日から再開すること、そして国が前に進んでいくこと、一分たりともよそ見をするわけにはいかない。あなたが好きなものは、ピカピカで、重厚で、秩序立っている。軍隊みたいに。私は違う。私には死者を忘れることができない！　あなたが規則の御託を並べるいたるところで私に聞こえてくるのは、あなたに排除された者たちの不平不満の声。今回はノルダンを除け者にした。あなたは彼を二度殺している。彼はいまだかつて存在したことがなかった。それがあなたのお望みですから。

校長　アイシャ、まったく見境のないことを。しかし、排除をするのはテロであって、ヴェールが差別と分断をもたらすことをおまえは忘れている。我々が築こうとしている学校は、多様性と寛容の学校なのだ。

アイシャ それはあなたと同じように考える人たちへの寛容です。でも、あなたと衝突し、あなたを心配させる意見だったら、すぐにその口を封じてしまう。

校長 思想のなかには、人を傷つけ、死に至らしめるものもあるのだよ、アイシャ。どんな思想でも言ってよく、聞かれてよいわけじゃない。いつも我々が心に刻んでいる基準がある。それは人間の尊厳だ。その意見は人間の尊厳を侵害するおそれがないか？ 女性の尊厳が男性の尊厳と同じように守られているか？ こう自問しているのだよ。

アイシャ でもその平等な尊厳は、あなたに似ている人たちのものです。他者には沈黙を強いている。私があなたの言う尊厳に興味を抱くとしたら、それは私たちの差異にもかかわらず、お互いの固有性を超えて、その尊厳が私にも適用される場合だけ。どうして私が、あなたの言う平等な尊厳の恩恵を受けるために、私の人格を作っているものをみんな捨て去らなければならないのでしょうか？

校長 それは、人の決定はその人だけの問題ではないからだよ、アイシャ。人の振る舞いのなかには、自由である可能性、自分を自由にする可能性を損ねてしまうものがある。それはおまえだけじゃなく、他の人にも関係してくる。我が国は自由を非常に大切な価値だと考えているから、自由を断念することはできない。おまえが自分だけのために自由を諦めるのは勝手だと思うかもしれない。だがそんなふうにしていると、おまえは他の人を巻き込んで、自由そのものが弱体化するのさ。

アイシャ　でも、すべてを同じ水準に置いて、絶対的な価値は何もない自由なんて、どんな意味があるんですか、どこがいいのでしょうか？　今の私にとっては、ノルダンの記憶が絶対的な価値をもつのです。それから、そのことを周りに向かって叫ぶことをできるようにしてくれるヴェールも。あなたは私を解放してやろうと言うけれど、私にとって一番大切な自由の行為を禁じている。あなたの言う自由なんて、もうたくさん。灰色で、スーパーマーケットで売っている自由なんて！

校長　そうか、おまえに分別をつけさせようとしても、無駄なようだな。でもいいか、ここは学校だ。そして中立性は学校の基本的な規則だ。最後にもう一度、私はおまえが規則に従うことを要求する。

アイシャ　でも、学校との契約に私がサインをしたわけではありません。この国で教育は義務だから、私は授業を受けている。でも、私の信念を放棄するよう強いることは誰にもできません。あなたの言う中立性の行き着く先は、生徒の個性を奪い無力化する中立性です。

校長　私の言う中立性とはテロリストの理論を無力化するものだ。ゴロツキと優等生を一緒にしないでもらいたい。

アイシャ　そうやって優等劣等を決めるあなたたちはいったい何者なんですか？

校長　そのために制度があるのさ。そして私はそのうちのひとつの代表だ。そして当校は本日、ハサンにあてがわれるべき運命と、ノルダンにふさわしい運命を区別することに決めたのだ。

アイシャ　私は愛する人たちの味方につきます、区別する人たちのほうではなく。

第四場

アイシャ、校長、学校の執行部役員、ヤスミナ

二人の役員に両脇を固められながらヤスミナ入場、ヴェールを被って目には涙を溜めている。

理事長　あわわ、ヴェールの少女が二人！　疫病の蔓延を見るようだな……。

　しかし、あの美しい目は、何を隠している？　泣き腫らして赤くなっているぞ。

校長　予想通り、泣き濡れた妹が一世一代の勝負に来たぞ！　ヤスミナ、きっとおまえは雨に濡れないために、そんなヴェールを着用したのだろう？

ヤスミナ　いいえ、校長先生。姉と私の二人で決めたんです。二人で同意したんです。兄の喪のヴェールを被るって。

アイシャ　言うだけ無駄よ、ヤスミナ。私、もうこの人たちに説明しちゃったんだから。自分一人で決めました、不当な訓令に抗議するためですって。お兄ちゃんの喪を言い訳にしてもだめ。あなたはこの件については蚊帳の外にいるって決めたでしょ。別にそれはいいの。でも、今頃のこのこやって来て、空想の罪で自分を責めるなんてやめてちょうだい。

ヤスミナ　確かにさっきの私は弱かった。でも、あなたがここで法廷みたいに罪を告発されていると知って、勇気が出てきたの。こうなったら私もあなたの運命を共にしようって決めたのよ。

アイシャ　なんて愛おしいんでしょう。でも私には旗色（はたいろ）を見て寝返ってきた仲間なんかいらない。

ヤスミナ　ひどい！　あなたの大義は一人で守るほうが正義も増すというわけ？　あなただけが苦しんでいるとでも思っているの？　あなたの苦しみは私の苦しみよりも高貴だというわけ？

アイシャ　あなたの言うことは正しい。私たちは二人とも苦しんでいる。ただし違う苦しみ方でね。私の場合は、まるで不幸が自然の条件みたい。

ヤスミナ　でも、せめてあなたの手伝いをさせてほしいの。あなたがこの人たちに打ち負かされると最初から決まっているわけではないのだし。

アイシャ　ヤスミナ、下手に手を出すとあなたの身も危うくなるわよ。私たちの家は、不幸をもう充分積み重ねてきたのではないかしら？　私一人の退学で充分。私はその結果を受け止める。どこまでもね。あなたは私についてきちゃだめ。

ヤスミナ　でも、この学校からあなたがいなくなったら……。

アイシャ　学校だけの話じゃなくて、人生の話。あなたはこれまでいつでも生きる道をきちんと選んできた。だから私たちみんなのぶんまで生きるのよ。

ヤスミナ　あなたが私の忠告に耳を貸してくれることなど、これまで一度もなかった。ねえ、一度でいいから私の意見を聞いて。

アイシャ 愛しいヤスミナ、（と呼びかけながらヤスミナのほうへ歩み寄り、ヤスミナの頭のヴェールをゆっくりと外す）あなたはいつでも正しかった。でも、わかってちょうだい……私は別の道において正しくなくちゃいけないの。

ヤスミナ 正しいことが、私にとって何の役に立つの？ 不幸であることにかけて私たちは同じよ。

アイシャ ヤスミナ、勇気を出しなさい。人生はいつでも最終的には生きることに賭けた者に微笑みかけてくれる。

校長 いつまで二人で続けるつもりだい？ まったくどこにいるつもりなんだろうね？ さあ、ちょっと冷静になって判断しようじゃないか。いいかい、よく聞くんだ。ヤスミナ、おまえはヴェールを外したことだし、貼り紙をした証拠もなし。疑わしきは罰せずで、退学措置は免除だ。

アイシャ、おまえのほうは見込みなしだな。反抗的な態度を崩さないし、そのことに自分で満足さえしているようだ。即刻退学で交渉の余地なしだ。

ヤスミナ 校長先生、その寛大な恩恵を私に与えてくださり、ありがとうございます。でも、アイシャの退学も免除にしなければなりません。校長先生の息子さんのエリックは、アイシャの婚約者です。エリックはアイシャについていくかもしれませんよ？

校長　おまえに関係ないことには首を突っ込まないでほしいね。エリックももう大人だ。自分のことは自分で決めるさ。アイシャだけが、同じ世代の若い女というわけではないだろう？

ヤスミナ　そうかもしれません、でも二人は婚約者同士なのですよ！

校長　この女が自分の兄の腕のなかに身を投げたら、私のせいになるのかね？　それに、ヴェールを被った狂信者なんて、私は家族に欲しくないがね！

理事長　校長先生、考える時間を設けるわけにはいかないでしょうか？　物事の展開が早すぎます。感情が少し落ち着くのを待つのです。ノルダンの葬儀を終えて、ハサンの様子を見ましょう。今の状態でアイシャを退学にしたら、ますます火に油を注ぐことになると思いませんか？

校長　まさにそこなのです、明日になったら、国じゅうが我が校のことを、イスラーム過激派の温床だとか言い出しますよ。派閥抗争があって、校庭が塹壕（ざんごう）になっているとか。だめです、膿は化膿する前に出し切るのです。一分たりとも無駄にはできないのです。

（二人の役員のほうを向いて）お二方、この二人を生徒指導の先生のところに連れて行ってもらえますか。マスコミが来るあいだ、二人をしっかりと見張っていてほしいのです。それからアイシャ、私はもう学校でおまえの顔を見たくない。

アイシャとヤスミナ、二人の役員に連れられて退場。

第三間奏曲

校長と理事長に当てる照明を弱くする。二人は舞台にとどまり、点灯された大きなテレビ画面のほうを見る。

病院の廊下。カメラは記事を読む中継リポーターを映す。

ジャーナリスト〔リポーター〕 私が今いるのは緊急病棟です。ここでハサン・ラブダウイは息を引き取ることになるのでしょうか。数分前まで、まさにこの場所で記者会見が開かれていました。院長によれば、この若者の状態についてあまり多くの希望を抱くことはできないようです。ここ数時間の経過を見るに、心拍数は低下の一途をたどり、肺にも合併症状が出てきている模様です。今まさに医師団は最後の措置を施そうとしているところです。結果はあと一時間もすれば出るでしょう。

緊急病棟の待合室では、興奮が最高潮に達しています。この若い犠牲者の近親者や近所の人たちが多く集まり、昨日の午後から不安な時間を過ごしてきました。

次の場面は待合室を映す。子連れの女性たちがひしめいている。ヴェールを被っている女性も、被っていない女性もいる。待合室の明るさは少し暗め。背後に流れるアラブの音楽は、郷愁を誘い胸が疼くよう。リポーターは画面に登場せず。カメラは四人の女性を順番にクローズアップ。リズムはゆっくりで、内省を促すよう。

第一の女性　ひどい悪夢です。一昼夜、砂漠に嵐が吹き荒れて、いたるところ砂だらけ。目が焼け、口を塞がれたようです。それで朝が明けると、景色は消えてしまった。砂の帳(とばり)ですべてが覆われて。

第二の女性　一家で最後に残った男の子でしょ。お父さんはすでにお亡くなりになっていて、昨日はノルダンが――それで今日はハサンがだなんて……。いつだって死は一巻の終わり。それでもこの憎しみは、彼らがどこに行こうと、何をしようと、世代を超えて戻ってくる。

第三の女性　男の傲慢の行き着く先がこれだわね。叫ぶ、かっとなる、頭に血がのぼる。遠からず流血騒ぎになる。基準も良識もすべて失って。それで不幸を背負い込むのはこっちさ。女の宿命だわね。

第四の女性　まだ希望を抱くことが、何の役に立つのでしょうか？　善悪の区別がつかないあの人たちは、蜃気楼の幻に屈する旅人のように、自分自身を見失っています。惨憺たる結果が待ち構えています。どこに蜃気楼があって、どこに真実があるのか、今この時代に誰が告げることができるというのでしょうか？　それで私たちはここにいるのです、いつものように、泣くために。

弱い音で流れていた音楽がしばしば強くなる。

第三エペイソディオン

第一場

校長、理事長、エリック

テレビ中継のあいだ黙っていた校長と理事長にスポットを当てる。エリックが息を切らせながら入場。

エリック ああ、父さん、やっと見つけた……。

理事長 おやおや、誰かと思えば、ずいぶん息せき切った様子だな……。

校長 何をしに来たんだ？　教室にいなければならない時間だろうに！

エリック みんな知りたがっているんだ、どこに……

校長　（エリックをさえぎって）おまえは昨日の残念な事件を受けて私が貼らせた訓令のことを知ったのだな。みんなそれに従っているだろう。おまえはその先頭に立たなければいかんのだ、エリック。校長の息子であるおまえに、各人が視線を注いでいるぞ。

エリック　みんなと同じように、僕もその紙を読みました。でも僕が来たのはそのことじゃない。ヤスミナとアイシャのことが心配で。今朝から二人のことを誰もまだ見ていないんだ。

校長　なんと、それでおまえは驚いているのか？　今頃、先生が出席を取っているんじゃないのか？

その娘におまえはご執心のようだな。だったら諦めなければならないぞ、喪に服すようにしてな。

エリック　父さん、喪に服すことを諦めさせられているのは彼女のほうだってことがわからない？

校長　よろしい、ここはきちっと念入りに説明しておかなければなるまい。よいか、我が息子よ、おまえを魅惑してやまないアイシャはな、今朝、現場を取り押さえられたのだよ。あのノルダンの写真を学校じゅうに貼りまくっていたところをな。ノルダンという奴は、イスラームの活動家と密接な関係をもっていたことがわかっている。アイシャは動転していたが、私の正式な訓令を承知のうえで破ったことを認めたよ、ちょうどこの場所でな。これだけ条件が揃えば、落とし所は決まりだ。本日付で退学、交渉の余地なしだ。どこに行くのかは知らんがね、そのうち落ち着いたら、自由と平等の学校にいればよかったと延々後悔するんじゃないかな。

エリック　でも父さん、アイシャは兄さんを昨日亡くしているわけだし、もう一人の兄さんだって病院で死にそうなんだ。苦しみで彼女は見境がなくなっているんだ。そうとしか反応できなかったわけで、アイシャには政治的計算はないし、大人の事情なんて関係ない。せめてもう一度チャンスを与えてほしい。何日かしたら復学させてあげてよ、お葬式が済んだらさ。

校長　そうきたか。だがそれでは済まんぞ。あの女はハンガーストライキをやると決めた。ゆすりが功を奏して校長は生徒に屈したなんて評判が立ってしまう。ところがどっこい、そうは問屋がおろさない。息子の婚約者だからほだされたなんて言わせるものか。合法性はきちんと整えられると自分の力で動き出す。正式な規則にいちいち例外を認めていたらまずいだろう。状況次第で規則をその都度決めていたら、どんなことになると思う？　規則は全面的かつ恒久的で万人に適用される。規則を採用した者自身を含めてな。ここから規則が貼ってあるのが見えるだろう。あれを見て、規則が厳しすぎると思う者もいれば、手ぬるすぎると思う者もいる。だからといって、朝令暮改で規則を緩めたり、強化したりしたらどうなるだろうか。あるときには罰則強化を求める声があがったかと思えば、別の日には罰則の重さに心を痛める人が出てくる。誰もが自分に都合のよいところばかり引き出してくる。しまいには、規則なんかまったくないことに気がつくことになるだろう。だから私がこれまで守ってきた行動原理はただひとつ。規則、とにかく規則、規則しかないのだ。

さては疑っているな。わかるぞ。たぶんおまえは、規則なんて愚か者たちが用いる強制力だと思っているのだろう。きっとそのうちにわかるさ、法律とは最も弱い者たちを保護し、万人の平等で公平な取り扱いを保証し、人間関係を保全するものなのだ。もっと言ってやろうか。たとえ法律がちょっとやそっと不公正だとしても、それでも法律には従わなければならないのだ！　そうさ、そうなのだ。ちょっとくらいの不公平があってもだな——そもそも完全な正義になんて到達できるか？——ちょっとくらいの不公平のしわ寄せが生じても、法律は法律で、従わなければならないのだ。

どうだ、驚いただろう？　ちょっと考えてみるがいい。そもそも、法律が不公平だと考えるのはどういう人間だろうか？　そして、その法律を採択した者の正統な権威以外に別の基準を考えることができるだろうか？　民主国家では規範は多数決で決まる。それを疑うのは、民主主義そのものの侵害になる。そうなのだよ。合法性の原則そのものが危うくなる。社会秩序には最低限の規律が必要という観念が揺らいでしまう。

このことを学ぶ場所が学校なのだよ、エリック。学校教育を通して人は市民になる。そして、生徒が教師の場所を占めるようになる日も、実はそう遠くはない。だが、そうなるまでのあいだは、やはり私が教師なのだ。

エリック　誰がそれに反対しているわけ？　あなたがこの学校の校長だってことはみんな知っているよ。それに僕は、あなたが僕の父さんだってことも、まさか忘れやしない。僕が思ったのはただ、父さんたちがよく言うように、学校は批判精神を学ぶ場でもあるっていうことだよ。

校長　おそらくはな。だが、批判ができるようになるためには、まずは知らなければならない。さもなければ、それは無知蒙昧(むちもうまい)主義の無政府状態(アナーキー)であるよりほかない。

無政府状態（アナーキー）とは何か、知っているか？　それは自由の体制の対極にあるものだ。歴史が示してきた通り、無政府状態（アナーキー）とはジャングルの法律のことだ——最も強い者が君臨する体制で、どんな振る舞いも許される。政治闘争は自然さながらで、それは空白を憎む。ひとつの権力が倒れると、そこから十の権力が起こって暴力のしのぎを削り、空白になった場所を占めようとする。

理事長　おまえの父さんが言っていることは本当だぞ、エリック。経験があるからな。注意深く耳を傾けて、言われたことをよく考えなくちゃいけない。これからおまえにとって試練の日々が続くからな。

エリック　ご配慮どうもありがとうございます。でも、僕はここに哲学議論をしにきたんじゃないんだ。その領域で父さんに反論しようなんて考えは、僕にはないよ。でも、僕が知っていることがいくつかあって、それを父さんたちも知っておくのはたぶん無駄ではないと思うんだ。

校長　そんなもったいぶって、何を言いたいんだ？

エリック　別にもったいぶっていないよ。僕が言いたいのはただ、状況についての情報をぜんぶ仕入れてから決めるほうが有益だってことだよ。

校長　決定するための講釈を、今ここで垂れてくださると言うのかい？

エリック　僕が来たのはただ、僕の言うことを聞いてくださいってことだよ。一度だけでいい、一分でもいいからさ。

校長　時間ならいくらでもあるさ、親愛なる息子よ。聞こうじゃないか、おまえの言う、私たちが知っておくべきそんなに重大なこととは何だ？

エリック　父さん、今朝僕はいつもの通り学校に来た。掲示板の前に人だかりができているのが、すぐに目に飛び込んできた。僕が近づいていくと、会話の声が低くなった。でも彼らの表情を見れば充分だった。特に二年B組、ノルダンの級友の様子はね。いきり立っていた。学校当局がノルダンに下したあの糾弾は、とてもじゃないけど受け入れられない。先生方も困っていた。授業もなかなか始められなかった。いたるところで囁き声に唸り声。それでも意を決して父さんに会いにくる者はいない。

校長　さすがはさすがの我が息子。すぐにおまえは諜報員として採用だ。実に見事におまえは仕事を成し遂げた。

エリック　わかってないな、事態は深刻だよ。彼らは納得していない。どうしてノルダンに最後の挨拶ができないのか。アイシャやヤスミナにさえ、それが禁じられているのか。

さすがにアイシャとヤスミナの二人は、訓令の適用対象外だよね？

校長　おまえは知っておくべきだな、私の振る舞いがこれまで一度だって人びとの噂に左右された試しはないことを。そんな若造たちの気持ちを推し量って意見を変える私じゃないぞ。指導者たる者は、ときには不人気も耐え忍ばなければならんのだ。時間が経てば、いつでも指導者が正しいということがおまえにもわかるだろう。

エリック　いったいどうやったら最初から正しいなんて思えるわけ？　いつでも正しいわけ？　真実はひとつとはかぎらないし、仮に真実がひとつだとしても、そこには当然ながらさまざまな側面がある。物事には見えない側面があるって考えたこと、ある？　それに、現実だって変化する。今朝の段階では父さんは正しかったかもしれないけれど、何かが起きる、そしたら父さんが間違っているということにもなりうるんだ。だとしたら、自分の物の見方を見直すべきなんじゃない？　学校全体が騒然としている。役員会を開いて、職員会議を開いて、クラスで議論して……。

校長　よろしい、議論しようじゃないか。おまえがそこまで言うならな。きっとおまえは聞かずもがなのことも聞かされるぞ。そのあとでおまえと私のどちらが意見を変えることになるか、しかと見届けようじゃないか。

いいか、アイシャが今朝ここに出頭してきたときにはヴェールを被っていたのだぞ。もうやらないという条件を守ってもらえたなら、私のほうは訓令について折れる余地はあったのだ。私はヴェールを外すよう求めた。ヴェールは訓令第三条に違反するし、現在のような状況では、挑発としか解釈することはできないからな。ところがあの女は全面的に撥ねつけおったのだ。ここまで言えばおまえにもわかるだろうか？　いまやあの女は自分の旗色（はたいろ）を鮮明にした。もはやおまえと同じ立場ではないのだよ、エリック。ヴェールとは、まさしく議論の拒絶であって、狂信的な立場に引きこもることだ。

エリック　そもそも父さんはヴェールがアイシャにとってどんな意味があるのか、せめてそこだけでも尋ねたの？

校長　また議論か。仕切り直しだな。いいだろう、あの女の意図が無垢なものであったと譲って認めることにしよう。だとしたら、それは呆れたナイーヴさというほかないな。そしておまえみたいに、あの女を庇（かば）おうとする者も、同様のナイーヴさに陥っているのさ。自律だとか、自由だとか、個人の選択だとか、他にも別の理由をつけるのかもしれないが、そんなお題目を唱えていると、平気で何でもやりかねない奴ら、中世の人間のような奴らが得をする結果になるのだ。奴らときたら、男性に欲望を抱かせる責任はヴェールを被らない女性や若い娘のほうにあるなんて言い草で、彼女たちが悪いと決めつけてしまった。男を挑発して誘っているのだろうなんて言われるものだから、彼女たちは女性らしさを放棄せざるをえず、公共空間から撤退していく。街を歩けるのは執行猶予で、家庭的な貞節の宗教に縛りつけられている。これがおまえの言う近代的女性の理想像かい？　ヴェールを着用しながら自分は解放されていると信じ込んでいるアイシャのような女性には、おまえはどれだけ多くの若い女性が郊外住宅団地で周囲の男性から抑圧を受けていると思うのかと尋ねてやりたい。ヴェールの着用を拒否したら、ほとんど娼婦みたいに扱われるのだぞ。このような若い女性は私たちに救いを求めている。平等と中立性の学校が、彼女たちにとっての最後の砦なのだ。どうだ、このことについておまえは何と言う？

エリック　僕が言っているのは、語りかけずに排除してはいけないってことだよ。ムスリムの女子生徒を学校から通りに追い出したところで、父さんたちにとって何の得になるの？　学校は義務だろ。そうやって追い出したら、ムスリムしか受け入れない学校に送り込むことになるじゃないか。

校長　そんな理屈をこねおって、エリック、おまえも面倒なやつだな。おまえたち若者ってやつはいつでも、完全に調和した天国みたいな理想世界に暮らしていると思い込んでおる。おまえの言うことを聞いていると、どんな問題の解決も議論さえすれば充分みたいだな。

エリック　ただね、僕たちが受け継いでいるこの世界を作ったのは、父さんたちの世代だよ。

校長　そうかもしれない。だがな、私がこれまで学んできたのは、いいか、議論の駆け引きは歪められる場合があるということなのだ。ズルをする人間が席に着いて、手札をかき混ぜる。口では権利だの、自由だのと言って、ゲームのルールと手続きをしっかり遵守しているふりをする。最終盤で向こうがぼろ勝ちしていると気づくことになるさ。サイコロにはイカサマがしかけてあったんだからな。奴らが狙っていたのは絶対権力、そして自由を終わらせることだ。こうなったら巻き返そうと思ったところでもう遅い。ゲームは終わっちまったんだからな。

おまえはきっと民主主義は全能で、大海の水さながらに、どんなに汚染されても最終的には平気だと思っているんじゃないか？　ところがどっこい、そうではないのだ。目を覚ますがいい。民主主義は傷つきやすい。それは自由のように壊れやすく、平等のように躊躇(ためら)いがちなのさ。民主主義の防衛は、それを享受している我々の責任だ。自由な社会においてしか自由であることはできないとすれば、選択肢はない。我々はこの社会を守らなければならないのだ。

エリック　アイシャのヴェールとどんな関係があるわけ?

校長　アイシャのヴェールの背後には、ノルダンの手榴弾があるのだ。手榴弾のことを忘れちゃいかん。手榴弾の話は私が勝手にでっちあげたものじゃないぞ、そうだろう? 我々がしているのは正当防衛だということを、いい加減おまえは悟らなければならない。我々のほうは奴らのことを知らないが、奴らのほうは我々のことをよく知っている。奴らは我々の弱点をしっかり握り、狙いを定めて宣戦布告してきたのだ。私には学校を防衛する責務がある。

エリック　でも、父さんは学校を守るのに敵の武器を用いている! 排除し、罰を下し、自由を小さくしている……。父さんは避けるつもりの罠に実は陥っている。

校長　いや、違う。私が実行しているのは、名づけて「ワクチン戦法」だ。小さな悪を接種して、とても大きな悪を避けているのだ。

エリック　そんなことをしていたら、ウイルスが抵抗力をつけて、どんな対策も効かなくなるよ。そしたらワクチン接種したことをきっと後悔する……。

校長　言うべきことは、これでもう尽きたようだな。おまえはおとなしく教室に戻り、これ以上は口を挟むのを控えてもらおうか。

エリック　それでもし学校がストに突入したら？　ノルダンの葬儀にみんなが参列したら？　全員退学にするの？　僕にはこんな情景が思い浮かぶよ。船長が甲板にひとり、船は沈んでいく……。

校長　もう充分だ。おまえが分別を失ってしまったのも、やはりあの女のせいだな。おまえの頭はヴェールが載っていない代わりに、雑念だらけだ。

エリック　それでもし僕がアイシャと一緒になったらどうする？

校長　それが魂胆か。よろしくやるがいいさ、メッカ巡礼を忘れずにな！　もうひと言でも発してみろ、別室で監禁にしてやるぞ！

ひと言も言わず、父親と理事長には目もくれず、エリック退場。

第二場

校長、理事長

理事長　感じやすい年頃ですな。彼の混乱も理解しなければなりません。今の精神状態では、何をしでかすかわかりませんよ。

校長　息子には目立つ真似はしてほしくないのだが。でもそうなったら、一刻も躊躇（ちゅうちょ）することなく退学処分にしますよ。

理事長　彼はあなたの退学許可を実は待っているのではないかと思えてしまうのですよ。

校長　そのうちにわかるでしょう。物事はそれぞれ固有の時間において動いています。目下の急務は、二人の姉妹の処分に正式な決着をつけることです。二人はまだ生徒指導の先生のところにいるはずです。私がヤスミナを教室に連れて行きましょう。アイシャの退学の書類には、私のサインが必要です。視学官用と家庭用のコピーも忘れないようにしないと。それから病院に連絡してハサンの様子を聞く。せめてハサンからはよい知らせがあることを期待いたしましょう。

校長退場、照明をゆっくり落とす。

第四間奏曲

理事長は舞台に残る。大画面が徐々に明るくなる。

ジャーナリスト　みなさん、ローマ通りの悲劇から二週間になりますが、首都のムスリム共同体はまだいつもの落ち着きを取り戻してはいません。弟と争った事故で重傷を負ったハサン少年の容体は相変わらずで、人びとは心配しながら固唾（かたず）を飲んで見守っています。一方、二人の兄弟が通っていた学校では別の展開があり、新たな議論を呼んでいます。というのは、事故の翌日、ノルダンとハサンの妹アイシャが、ヴェールを被って学校にやって来たのです。ちょうど執行部が、事態を沈静化させるために、政治的または宗教的な所属を示す標章の着用を禁じる校則を採択したところでした。彼女の振る舞いは、学校当局への挑戦と見なされました。即日退学となったアイシャは、学校への復帰を要求に掲げてハンガーストライキを始めたのです。少女は家に立てこもり、インタビューはすべて拒否すると宣言しています。多くの同級生が立ちあがり、近日中にも彼女の支援行動に出ることを検討しています。

このような状況にあって、退学措置とその理由となった校則の合法性について問わずにはいられません。これは法廷でも問われることになるかもしれません。この問題を議論するため、スタジオには憲法学者のディディエ・デスタル教授をお迎えしております。デスタル先生、ヴェール着用禁止の合法性の問題について、テレビの前の視聴者に向けて、簡単な言葉で手短に説明していただけますでしょうか?

ディディエ・デスタル　ご存じのように、問題は複雑です。同じように正当性をもつ憲法的価値の複数の原則を両立させなければならないわけですから。一方には、良心の自由と表現の自由があります。他方には、公役務の中立性の要請があります。それは差別をしないこと、とりわけ性に基づく差別をしないことですが、ときにはたんに公的秩序の維持を気にかけることを意味します。あるいは少なくとも学校の秩序ですね。

それでも私の考えを言えば、このように公的自由が脅かされる問題のときには、基本原則としては自由を優先すべきで、それを制限するのは例外ということです。欧州人権条約もこのような発想でありまして、良心の自由と表現の自由を制限するための条件は比較的厳しいものになっています。

そこから演繹いたしますと——そしてこれが現在までのところ、国内法廷および国際法廷の判例とも合致するわけですが——、宗教的標章の着用は、それ自身においては良心の自由の表明であって、良心の自由は憲法によって保護されているわけです。生徒につきましては、生徒は国家の役人ではなく、公務員に対して要求される中立性に従う義務はないわけですから、ヴェールの着用は中立性およびライシテの原則を侵害するものではありません。

しかしながらもちろん、そして制限の可能性もそこから開けてくるわけですが、このような宗教的所属を表わす標章を着用するには条件があります。それが挑発の意味を帯びたり、それを身につける者の健康や安全を損ねたり、教育活動を行なう妨げになったり、学校の秩序を乱すようなものであってはなりません。

ジャーナリスト　なるほど。では、アイシャの通う学校でヴェールの着用が禁じられたことから、どのような結論を導き出すことができるでしょうか？

ディディエ・デスタル　問題の校則を事細かに検討したわけではございませんので、結論めいたことを申しあげるのは差し控えます。ただ、ざっと拝見したかぎりでは、その正当性は疑わしいと言うべきでしょう。

まず、児童の権利に関する条約および欧州人権条約にかんがみて、今回の件で問題になっている自由を制限するには、あくまで法による規定がなければいけません。法の概念とは、我が国においてそう解釈されております通り、代議士が議論する場である議会によって採択された規範のことです。ところで、学校の内規である校則は、この条件を満たしていないと言わざるをえません。

次に、公的自由に関する基本的な規則についてもう一度お話ししますと、均衡の原則が基調となっておりますので、全面的で恒久的な措置——絶対的な禁止のような措置——は原則として禁じられています。

別の言い方をしますと、どのような状況においてヴェールの着用が禁じられるのかを正確に規定した文書だけが、受け入れ可能だろうと私には思われます。具体的には、他人の権利を侵害する強制勧誘の態度、体育や化学の授業などで生徒の安全を脅かす振舞い、教育がつつがなく行なわれるのを本質的に妨げる行為などを、私は想定しています。

ジャーナリスト　しかし、全面適用できる規則を断念いたしますと、言い逃れがまかり通って、学校長は現場の問題に対応する手立てがもてなくなるのではないでしょうか？

ディディエ・デスタル　個人的には、私は先ほど例に出したような具体的な局面を明確にして、学校当局の自由裁量権がおのずと枠づけられるような法律があったほうがよいと思います。しかし、少なくとも自由の体制においては、状況をケースバイケースで評価する自由裁量権の余地をつぶしてはならないでしょう。この余地があってこそ、具体的な状況の無数の多様性に対応することができるのです。この余地があってこそ、対話の機会を設け、当事者の善意に期待することもできるのです。権利は出来合いの文書に還元できると思い込んでいる人のために付け加えておきますと、ある原則を表明しておけば、その原則が適用される事例の評価が免除されるわけではけっしてないのです。

ジャーナリスト　デスタル先生、将来が先生のお考えの通りになりますよう見守りましょう。そして当面アイシャの件に関しましては、良識が双方において勝利を収めることを期待いたしましょう。

第四エペイソディオン

第一場

アイシャ、理事長

家のなかが舞台。部屋では、衰弱しきって病床にあるアイシャが、ハンガーストライキを続けている。弱い声で歌を口ずさむ。和らげられた光。

理事長　受け入れてくれてどうもありがとうよ、アイシャ。我々みんな、おまえのことをとても心配しているよ。

アイシャは歌を口ずさみ続けている。

理事長　学校では、みんながおまえのことを考えている。おまえの友達がおまえにと手紙を書いた。ここに置いておくよ。今朝はどんな調子だい？　おまえ、レモネードが好きで、食堂でよく飲んでいただろう。持ってきたから、少し飲むといい。

アイシャ　（ボトルを弱々しく押し返して）ときどきだけど、とても美しいの。雪が降ったときみたいに、すべてが白く光り輝いて、星と一緒に瞬くよう……。声も聞こえる。優しい音楽で、何だかとても懐かしいものを思い出す。お母さんが息をしているみたい。近くで鼓動も聞こえてくるみたい。それで私は何時間でも、すうい、すういと滑っていくんだわ……。

理事長　そうか、アイシャ、今日はずっと調子がいいようだな。今日あたりでストライキはやめにしたらどうかね？　おまえのおかげで、誰もノルダンのことを忘れていないよ。おまえの目的は達成されたと言うこともできる。

アイシャ　私、学校に戻れるの？

理事長　そのことを考えるのはやめよう、アイシャ。それは無理だとわかっているだろう。でも、起きあがって、食べ物を口にするんだ。ヤスミナとエリックに会える。

アイシャ　話にならない。学校に戻れないなら、私はもはや存在しないも同然。ヤスミナとエリックにも会いたくない。理解できないんだもの、あの人たち。

理事長 しかしな、アイシャ、頭を冷やして現実的にならないと。まったく殉教者の真似事でもしているつもりかい？

アイシャ 黙って！ 殉教者になれるほどの人なんて誰もいない。あなた、私を馬鹿にしているんでしょ。誰も私のことを理解できない。私にはあなたなんか必要ない。私が何をするべきか、忠告してくる人なんて誰もいらない。

理事長 アイシャ、おまえはまだ若い。おまえの人生には前途がある。人生はいつでも若者の味方だ。これでもまだおまえは暴力が勝てばよいと思うのかね？

アイシャ 不思議ね。私、ここで暮らしてきて、本当にこの国にいるとも、マグレブにいるとも思えなかった。あっちから見たら亡命者、こっちから見たらどこか外国人で、いつでも二つの土地のあいだの境界線にいた。本当の祖国をもたない孤児として、国境線をうろついてきた。私のものではない思い出に寄りかかりながら、私の代わりに別の人がやる計画を目指してきた。そして今、私はここにいる。ベッドの上で、もはや本当に生きているとは言えないけれども、まだ本当に死んでいるとも言えない。物事って、いつでもこんなふうに続いていくものなのかしら？ 私は半分しか、生を授からなかったのじゃないかしら？

理事長　誰だって、受け取る生は半分きりさ。残りの半分を築くのはおまえなのだよ。

アイシャ　じゃあどうして、私の家はみんな罰を受けなきゃいけないの？　父は国を追われた。母は自殺に追い込まれた。お兄ちゃんは葬式を奪われた。どうしてこれでもかと憎しみが降ってくるの？

理事長　それは人びとに恐怖を与えたからだよ、アイシャ。そこのところを理解しなくちゃいけない。おまえの父さんは、おぞましい犯罪に手を染めた。おまえの兄さんは、手榴弾を保有していた。人びとが震えあがるのは当然で、どんな国だってこのような振る舞いは容認できないよ。

アイシャ　だからこそ、父には汚名をそそいでくれる誰かが今でも必要だし、母にはお墓に花を添えてくれる人が必要。お兄ちゃんには彼が本当はどんな人だったかを言ってくれる人が必要。これは私にしかできない。そして私も死んでしまったら、私のことを気にかけてくれる者は誰もいない。ノルダンみたいに、結婚式も葬式もなし。一人、たった一人、この雪に囲まれて。キラキラ、チカチカ……（再び歌を口ずさみ出す）

理事長の携帯電話が鳴る。舞台の端に寄り、声を落として喋る。

理事長 ええ、彼女のところです。（……）状況に変化なしです。（……）お伝えしましょう、校長先生。

（再びアイシャのほうに近づく）校長先生からだった。おまえの健康状態が心配だってさ。お願いだから何か食べてくれって。聞く耳をもたないと。

アイシャ 退学措置は取り消した？

理事長 それは無理だよ、アイシャ。おまえときたら、校長先生に直接刃向かっていくんだもの。もしも今になって折れたら、向こうだってまるで示しがつかなくなるじゃないか。しかしおまえも強情だね。ほかにも学校はたくさんあるじゃないか。エリックだっておまえのことを待っている。エリックのことは考えたのか？　大学には一緒に行けるだろう。そのあとは結婚して、子どもができて……。

アイシャ ええ、そんなふうに考えることもあります。でも、エリックは別の女性を見つけることができます。ノルダンには別の妹はいないの。お兄ちゃんはとても強かったけれど、いつも私を必要としていた。彼は私の手を強く握って、男の秘密を打ち明けてくれた。お父さんが向こうに旅立ったときには、私のベッドに来て泣いていた。

理事長　ノルダンはもう死んだんだ。しかし、おまえにはまだハサンとヤスミナがいる。

アイシャ　私はいたるところに写真を貼った。それはまるで、お兄ちゃんを私の手で埋葬するかのようだった。そうよ、そうだわ、私がお兄ちゃんを埋葬したのよ。お墓の前の弔問客（ちょうもんきゃく）は私一人きり。みんなから拒絶された死、それを私は与えたの。私のやり方は他の人とは違う。女の人は普通「はい」と受諾して命を与えるものですよね。私は反対。「いいえ」と言って死を与えた。死を与えるって、なんか変ね。死が贈り物なの。贈与としての死、赦しにおける死。それはつまり、現在という意味もある贈り物。その贈り物としての現在が、ずっと持続するの。

（調子が悪くなるが、声は高ぶる）見て、ノルダン。もう少しの辛抱よ。私も行くから。もうこんなに軽くなったわ。荷物は置いてきた。軽やかに歩き、軽やかに駆けるわ。奴らにはもう捕まらない。奴らはもう追いつけない。待ってて、ノルダン、今行くわ。

理事長　お疲れの様子だな、アイシャ。そろそろ失礼するよ。ちょっと眠らないといけないよ。

アイシャ　（興奮状態のまま）眠るですって？　私はまだ祈らなければならないの。そう、祈るの。高ぶる心を鎮めないと。私はまだ平静にはなれないし、私のドゥアー[1]はまだ響かない。アッラーにはまだ私の声が聞こえていないようだし、私には自分がよいことをやっているのかさえわからない。私は一日じゅうこの一節のことを考えていた。「自分自身を見失うことなかれ[2]」。先生、私は一人きりで、この言葉のまわりをぐるぐるしているのです。

道はどこにあるの？　道はひとつきり？　誰が私を信じてくれる？
先生、それでも私はいつも「神の他に神なし」って言ってきました。
なのに、どうして何も言ってくれないんですか、先生？

理事長はあたふたと立ち去る。

アイシャ　ノルダン、天国には着いた？　階層は七つで庭園は八つかしら？[3]　私たちの愛する人たちには、永遠の宴の場で再会した？　待って、ノルダン、私を見捨てないで。

再び歌を口ずさみ出す。照明をゆっくり落とす。

第五間奏曲

校長入場。電話での会話。

校長　どちら様ですか？　ああ、司祭様(4)でしたか！（……）どうも、ええ、なんとか。（……）今すぐですか？（……）緊急事態なのですか？（……）そうですか、わかりました、お待ちいたします。

照明が落ちる。テレビ画面が点く。

ジャーナリスト　事態はまったく新しい展開を見せています。ローマ通りの悲劇的な事件から正確に数えて今日で二九日。若者ハサンは負傷が原因でついに死亡しました。首都のムスリム共同体は彼の葬儀を終えたばかりですが、学校に平穏が戻る気配はまだありません。ハサンとノルダンの妹であるアイシャがハンガーストライキに入ってから四週間。彼女の健康が医師団の新たな心配事となっています。そして三日前からは、アイシャの学校の生徒たちが授業をボイコットし、級友への連帯を示しています。彼女の即時復学を求める覚書が二五〇〇人以上の生徒の署名を集めて執行部に提出されました。今朝の閣僚会議の冒頭で質問を受けた国民教育大臣は、この動きが首都の他の学校にも広がるおそれがあることを認めました。

ところで、学校の現場と中継がつながっています。アイシャの友人たちの様子にマイクを向けてみましょう。

質問者（声のみで姿は見えない） あなたにとってアイシャはどんな人？

女子生徒1 素晴らしい子です。クラスで一番できます。私たちみんな、彼女が学校に復帰することを望んでいます。

男子生徒1 僕の父は、もしアイシャが復学できなかったら、来年は学校を変えようと言っています。

女子生徒2 準備万端で彼女の帰りを待っています。私は授業のノートを全部きれいにとっていますし、みんなで毎日彼女に手紙を書いています。

質問者（声のみで姿は見えない） もしも彼女がヴェールを被って戻ってきたら？

男子生徒2 別に問題ないでしょ。誰でも自分の思う通りにしたらいい。人間は自由のために戦ってきたんだろ？

スタジオに戻る。

ジャーナリスト ご覧いただきましたように、高校生たちが一大決心をいたしました。このような状況を見ておりますと、より一般的なレベルでの問いを提起せずにはいられません。それは、政治的・宗教的標章の着用という微妙な問題です。教育施設全般にわたって、この問題を解決するような法律を採択すべきなのでしょうか。しかし、この点について少なくとも言えるのは、教育という公役務に関する重要な問題を論じる場を設けるべきだという声が高まるなか、人びとの意見は分裂しているということです。

「全国学校長協会」の意見ははっきりしており、大多数が規制を設けることに賛成です。同協会の会長は、現状は不充分このうえないと述べています。自由放任にやや傾きすぎた学校もあり、全国一律に憲法を適用することができない状況だというのです。

　これに対し、「教員統一連盟」は屋台骨から大きく揺らいでいるようですが、非常に慎重な姿勢が趨勢をなしています。同連盟の幹事長は、個人的な見解と断ったうえで、もし規制の手段を講じなければならないのなら、杓子定規ではなく教育的配慮を設けるべきだと主張しています。また、もし宗教的・政治的標章の着用を禁じなければならないのなら、ブランド品の着用も同様に禁じることを検討すべきだと述べています。郊外のマンモス校で教員をしているこの幹事長の説明によれば、近頃の生徒たちは自分でも気づかないうちに金儲け主義の大企業ブランドの虜になっているとのことです。

　さらにもうひとつの団体ですが、「全国中等教育教員組合」は立場を鮮明に打ち出し、法律の制定に猛反対しています。あらゆる宗教的標章を等しく禁じると見せかけて、実際には反ヴェール法になることは明白と同組合のスポークスマンは述べています。そうなれば、必然的に特定の人びとにスティグマを負わせることになる。したがって、そのような法律は所期の目的を達成することができず、むしろそこから生まれる副作用が逆効果としてはたらきます。一部の生徒が学校に来られなくなり、学校のゲットー化が生まれかねません。同組合の考えでは、男女共学の原則を尊重させ、週日は毎日欠かさず学校に来させ、体育を含むすべての授業への出席が義務であることを注意喚起するには、既存の文書を強化すれば充分とのことです。そして喫緊の課題は、すでに不安定な状態に置かれている人びとを責めることではなく、前線に置かれている学校により多くの手段を与えることであると結論づけています。

推移を見守ることにいたしましょう。

画面が消える。

第五エペイソディオン

第一場

校長、理事長、司祭

校長 そうですね、いつものように金、金ですね、そうすればすべて丸く収まりますとも。さあどうぞこちらにお越しください。私の代わりにそこにお座りください。そのゆとりをおもちになったまま……。あなたが私の代わりにどうなさるものか、ぜひとも拝見したいものでございますな……。

（腕時計を見ながら）まったくあいつは、どこでもたもたしているんだ？

司祭入場、心配事を抱え急いだ様子。

司祭　校長先生、面会の機会をありがとうございます。待っていられなかったのです。事は一刻を争いますぞ。

校長　おや、そこまで大事なこととは、いったい何でしょうか?

司祭　私はアイシャの家からの帰り、直接ここに来たのです。彼女は今にも死にそうです。容体が急に悪化しました。完全な脱水症状です。それでも意識はあって、栄養の摂取を頑なに拒むのです。あなたは今すぐ方針変更をしなければなりません。ヴェールを認め彼女を復学させるのです。

校長　とうとう、はっきりしましたね。親愛なる司祭様、時間はかかったのでしょうが、そのお立場に達したのですな。いまや少なくともお互いの立場は確定です。あなたがどちら側の人間なのか、わかりますとも。スータンもチャドルも長衣(ながぎぬ)、修道女の頭巾もヴェールも頭に被るもの。同じ戦いですな!

司祭　ああ、なんてことだ、校長先生、そんな何センチメートルあるかわからない布切れにいつまでもこだわるのは、いい加減やめてください!　まるで闘牛の赤いマントです。あなたの前でそれをひらひらとする、するとあなたは猛り狂った牛のように突進してくる。イギリスでは警察にヴェールを被った女性がいるのをご存じですか？　オランダにはヴェールを被った女性の弁護士がいることは？　大事なのはヴェールではなくて、その下にあるもの、ヴェールを被っている頭のほうなのです……。エルメスのスカーフだったら、何とおっしゃいますか？　高級住宅街の学校では、それが所属の証として、ある種の集団に帰属している印として機能しているとは思いませんか？

校長　お見事です、司祭様、社会学がお似合いだなんて。私が知っておりますのは、これも社会学の知見ですが、ヴェールは女性を隷属状態に閉じ込めておいて、その状態に多かれ少なかれ自由な同意を与えるように仕向けるものだということです。そして多くの若い女性が、ここでもムスリムの国々でも、私たちの原則には屈することができないと要求を突きつけてくるのです。ヴェールを認めたら、女性器切除を認めるはめになりますよ。それがあなたのお望みですか？

司祭　しかしアイシャは、私たちに助けを求めておるのです。明日では遅すぎますぞ。それにあなたは、ヴェールを被る女性たちとその動機について、本当のところ何を知っているというのでしょうか？　ある女性たちにとっては、ヴェールとは、人間らしさを失って規範で雁字搦(がんじがら)めになった世界で、自分らしさを取り戻す手段なのです。家族は満足な仕事にありつけず、貧しく、なかなか承認が得られない。そんな都会で自分自身を確かめる拠り所なのです。別の女性たちにとっては、それは彼女たちが宗教の道を歩む決意の印です。あまりに非人間的で崩壊している身の周りの世界と戦う手段なのです。一種の禁欲主義でして……

校長（司祭の言葉をさえぎって）その手の話の先は言わなくともわかります。あなたは司祭なのですから、それを教会で説教なさったらよろしい。私のほうは、この学校の中立性に責任を負っているのです。

司祭　それはそうでしょうとも。しかし、どんな中立性なのです？　杓子定規（しゃくしじょうぎ）の中立性ですか？　そんな思想の砂漠で、どうやったら若者たちが自分のアイデンティティを確立することができるというのでしょうか？　私が思うに血の通った中立性とは、複数の信念を平和のうちに表現できること、それから議論を通して相互承認すること、そしてできることならば共通の価値を生み出すことです。単一思考でも、隔離政策でもありません。さまざまな文化が生き生きとなるように混ぜ合わせ、ルーツをハイブリッドなものにすることです。ただし、ルーツは保持しておかなければなりません、コマーシャルの嵐に吹き飛ばされたくなかったら。

校長　得意技のお説教ですな、司祭様。しかし、あなたはずいぶん現実離れしております。私のほうには、すぐ目と鼻の先に原理主義の首謀者がいるのですぞ。悪ガキどものポケットに手榴弾を押し込む奴らです。モスクでジハードを説き、女性を家に閉じ込める奴らです。

司祭　今回の件に関しては、むしろあなたがアイシャを家に閉じ込めているのではないですか、あえて言わせてもらえるなら。

校長　屁理屈はおやめになって、現実を見据えてください。もし奴らを放っておいたら、明日には学校が戦場になっていますよ。女性はもはや男子生徒には教えられなくなる。生物と保健の授業はボイコットです。そんなことになってはいけません！　自由の敵には自由を与えない、これが私の原則です！

司祭　……サン＝ジュスト(5)が言ったとされる言葉ですな、私の記憶が正しければ。彼とその仲間たちが引き起こした恐怖政治のただなかで、ある種の美徳の考えをもとにして言われた言葉です。校長先生、ある集団にレッテルを貼れば貼るほど、その集団は過激化するものなのです。

理事長　実は、校長先生、ストライキで学校が麻痺してしまったために、問題のありかが変わってしまったのです。学校の理事会が昨日……

校長 （理事長の言葉をさえぎって）なんですと、いまやあなたも司祭の味方なのですか？ あなたがたみんなで手を組んで私に反対すると決めたのですか？

理事長 失礼。学校の理事会が昨晩開かれました。それでお伝えしなければなりませんが、多数決の結果は妥協ということになりました。

校長 私は妥協しないぞ。相談なら別の人にしてください。

司祭 そんな、理事長は校長先生を助けようとしているんですよ。校長に助言をするのも理事長の役目じゃありませんか。校長先生、あなたは自分から孤立しています。囚われて、人を遠ざけています。すでにアイシャがあなたの元を去りました。次の日には、あなたのご子息のエリックが去りました。そのあと便りがありません。

校長 息子のことは、この件とは別にしてもらいたい。アイシャについて言えば、あの女が私の元を去ったのではないぞ。私のほうがあの女を退学処分にしたのだ、校則に違反したからな。

司祭 それで現状がどうかと言えば、生徒が教室に来ていない。理事会もあなたについていくのをやめたわけでしょう。校長先生、これは私がつねづね考えてきたことですが、民主主義というのは、空席となっている権力の周りに多くの人が集まっているようなものです。指導者がその席を占めているのは暫定的にすぎず、一定の条件のもとに置かれています。そして独裁というのは、この反対です。一人の人間が権力を体現するに至り、真実を我が物とし、人を遠ざけるのです。

校長　あなたは私を独裁者と言うのですか？

司祭　私はあなたの力になりたいのです。

校長　あんたは私を独裁者と言うのだな？　ならばこちらも言ってやる、おまえは原理主義者だ！　おまえたちの手の内はわかっているぞ。司祭、ラビ、アヤトラ、同じ戦いだからな！　悪魔が出てくると善なる神の軍隊は徒党を組む。おまえたちは互いに殺しあってきたくせに、片付けられそうになると神聖同盟を組むのだな。それでいわばあべこべの十字軍ができあがる。「異教徒にかかれ！」とよく見たら、アラーの軍隊のなかにカトリックの司祭がいるじゃないか……。おまえたちは、教会と国家の分離をけっして受け入れなかった。そうだろう？　男女平等はどうだ？　公役務の中立性はどうだ？

司祭　失礼ながら、十字軍の兵士は校長先生ご自身ですよ。神聖なる中立性の寺院の奪還に向けての出発。野蛮な侵略を受けているとか言ってね。塹壕（ざんごう）を掘っているのはあなたです。あなた自身が共同体主義を作り出して敵に回しているのです。あなたが属するマジョリティの共同体主義のほうを神聖化してね。ご自分に問いを立ててみなければなりません……。

校長 （我を忘れて）問い、そうさ、問いだとも。異端審問の時代のようにな。「我々にはおまえの口を割らせる手段があるのだよ」って。そういうことだろう？

司祭 お暇（いとま）しますよ、校長先生。言うべきことはすべて言ってしまったと思いますので。これはもう、保護責任者遺棄罪(6)になりますよ……。

司祭退場。校長は腰を下ろす。打ちひしがれた様子。理事長が上手に。

第二場

理事長、校長

理事長 お聞きになりましたか？ 保護責任者遺棄罪の嫌疑で訴えることもできるのです

よ。

校長　あなたのおっしゃったことですが、私にはちゃんと理解できているでしょうか？理事会が昨日開かれたのですか？

理事長　そうです。緊急事態でしたから。あなたを探したのですが見つかりませんでした。理事会は賛成多数、棄権一で、アイシャの復学と校則の改正を決めました。先生、学校はストライキに入っているのです。試験の日程も近づいています。周りの緊張は高まっています。視学長官から、そして政府からも電話がかかってきました。

校長　それであなたがたは脅しに屈するのですか？

理事長　今朝の新聞をお読みになりましたか？　ここ数日で論調はすっかり変わってしまいましてね。先生、世論はひっくり返ったのですよ。

校長　世論は近代の神とはよく言ったものです。それに気づくべきでした。世論に逆らって統治することはできませんからね。「世論」と特筆大書（とくひつたいしょ）しておきましょう。世論、それは運命の近代的形態。気まぐれで予見不可能、残酷で全知全能。そしてテレビはデルフォイ神殿の巫女さながら神託を伝える。こちらの味方についたと思った次の日に、どういうわけだか、猛り狂ってこちらに襲いかかってくる。飢えた犬が放たれて、そらかかれ、獲物だぞ……。

理事長 前の校長先生は好んでヴォルテールを引用しておりました。「人が自分の運命に出会うのは、それを避けるために選んだ道においてということがよくあるものだ」[7]とね。

校長 兜を脱ぎますよ。そうせざるをえませんからね。しかし、未来が私の正しさを証(あか)してくれるかもしれません。

理事長 この決定はあなたを立派にしますよ、校長先生。アイシャのところに飛んで行って早く知らせてあげてください。それからマスコミ向けに短い声明を出して、人びとの興奮を鎮めるといいでしょう。

校長 そうですね。アイシャのところ、それからラジオ局とテレビ局。

（理事長のもとを去りながら）司祭の言っていた通りだな。赤いマントと闘牛か。近代の闘技場じゃ牛にはまったく勝ち目はない。

照明が消える。二人とも舞台から退場。

第六間奏曲

大画面が点く。理事会のメンバーは舞台の上手か下手に陣取っている。

ジャーナリスト　みなさんこんにちは。

イスラームのヴェール問題ですが、出来事が立て続けに生じて風雲急を告げています。みなさんご存じの通り、断固たる態度でハンガーストライキを四週間にわたって続けてきた少女アイシャ。彼女の容体が突然悪化したことが昨晩わかりました。学校周辺それからムスリム共同体では、感情が最高潮に達しておりました。そこへきて、少女アイシャが退学になった学校の校長の電撃訪問を私たちは受けたのです。校長の声明を独占生中継でお伝えします。

校長が画面に映る。緊張し、もったいぶった様子で声明を読みあげる。

校長　本校の理事会そして私は、問題についてよく話し合い、決定の結果を熟慮した結果、本校の生徒であるアイシャ・ラブダウイに対して四週間前にとられた退学措置を解除することを決定いたしました。この解除が効力を発するのは明日の十二時です。この決定は、事態の沈静化という趣旨においてなされたものです。ひとえに平穏と秩序が一刻も早く学校に戻ってくることを期待してのことです。

それから、これも同じ趣旨においてのことですが、新しく設けた校則の第三条を廃止することが決定されました。したがって、宗教的所属を示す標章は以後、それが一種の強制勧誘活動を表明するものであったり、生徒の安全を危険にさらしたり、通常の教育活動を妨げたりするものでないかぎり、学校において容認されます。この措置もまた明日の十二時に発効します。以上です。

質問者（声のみで姿は見えない）　この知らせを聞いて、アイシャはどのような反応をしましたか？

校長　何も付け加えることはありません。今からこの足で彼女に知らせに行くのです。

画面消える。

第六エペイソディオン

第一場

理事、教員

理事1　声明発表としては、これ以上のことはできないでしょう。

理事2　まるで伝令官のようでした。

理事長　ちょっとは大目に見てあげてくださいよ。彼にとっては簡単なことではなかったのですから。

理事1　これで騒ぎが収まるとよいですな。

理事2　明日は非常に大事な一日になりますよ。ヴェール姿でやってくる生徒が何人になることやら。授業では全学年に「強制勧誘活動」と「信念の表明」の違いを述べよという論述課題を出すのはどうでしょう。

二人の教員が入場、息を切らしている。

教員1　みなさん、今度という今度は、もうおしまいですよ。

教員2　大惨事です。最悪の事態が起こってしまいました。

教員1　学校は閉校になるかもしれません、今にも。

理事長　今度はいったいどうしたというのだね？

教員2　アイシャが……。私たちはアイシャのところから戻ってきたのです。

教員1　今朝から私たちはアイシャのところに見舞いに行っていたのです。エリックも徹夜で看病していました。突然彼女は昏睡状態のようなものに陥ったので、救急車を呼ぶことにしたのです。

教員2　まさにその瞬間を選ぶようにして、校長先生が現われたのです。父親と息子のにらみ合いです。これは取っ組み合いになると思いました。そしたら、ひどいことが起きました。エリックは父親の顔に唾を吐きかけて、そのまま行ってしまったのです。ひと言も言わずに。おそるべき沈黙です。罵り合いよりも始末が悪いです。窓ガラスが割れるかと思いましたよ。

教員1　校長先生はベッドに近寄り、身を屈め、アイシャを揺さぶりました。生きている様子がまったくありません。すでにアイシャは反応を返せない状態でした。

教員2　そこへ救急車が到着しました。救急隊員が駆け寄ってきて、脈を取り、人工呼吸器をつけ、注射を打ちます。万事休す。彼女はすでに事切れていました。

理事長　正確にはいつ、校長はアイシャの家にやってきたのかね？

教員1　つい何分か前ですよ。多く見積もっても三十分。

理事長　ということは、最初にテレビで声明を出してから、アイシャのところに行ったというわけか。約束の順番と逆じゃないか。

遅すぎた！　着いたときには遅すぎたのだ！　いつでも形式と規則にこだわるんだから。正式発表が先で、実行が後だと。

（叫ぶ）あなたがあの女の子を処刑してしまったのだぞ！　そう、処刑だよ！　あなたの誤ちによって、あなたの形式に囚われた頑固さによって……。

理事1　落ち着きましょう。正気を失くすべきときではありません。彼はおそらく辞任するでしょう。そうしたら学校はまた嵐に巻き込まれます。

理事長　確かにあなたの言う通りだ。今最初にやるべきなのは、全校生徒に知らせることだ。今回は葬儀に参列しないことはできない。

教員1　ヤスミナのことは私が引き受けます。少し知っていますので。

理事2　私はマスコミ用の声明を担当しましょう。まったく、ひと月のあいだに三度目ですよ……。

一同退場。内輪の会話をしながら、非常に忙しそうな様子で。

第二場

校長、ヤスミナ

校長ゆっくりと入場。打ちひしがれ、やつれた様子。ネクタイなし。

校長　さあて、背中には銛（バンダリージャ）(8)が打ち込まれたぞ。牛は這々（ほうほう）の体（てい）だ。誰がとどめの一撃（エストカーダ）(9)を刺しにくるのだ？　理事会が辞職勧告をしてくるかな？

（携帯電話を見ながら）大臣が私を罷免（ひめん）すると言ってくるかな？　妻は私のもとから去っ

ていくのだろうか？　それで憲兵隊が私に告げにくるのだろう、エリックが……と。[10]すべてこうなることはわかっていたさ、まるで台本が前もって書かれていたかのようにね。まるで誰か別の人間が裏で糸を操っているみたいだ。頑張って喋ったり、決定を下したり、行動したりしてみるけれども、まるで音は聞こえず、代わりの人が文章を紡いでいるかのようだ。もはやお笑いぐさの操り人形が、虚空でもがいているだけのこと。あるいは、あらかじめ死ぬことがわかっている牛が、騒がしい群衆どもと一緒にわめいているだけのこと。

いつのまにかヤスミナが静かに入場している。

校長　ああ、ヤスミナじゃないか。今日はヴェールを被っていないな。今日からは被ってくることもできるのに。

（皮肉な調子で）学校はみんなに開かれているからな。

ヤスミナ　アイシャは望んでいなかった。

校長　（優しい調子で）アイシャのことは、すまなかった。まさかこうなるとは……。

ヤスミナ　アイシャが望んでいたのは、私が生きること。彼女はいつも、私たちのことなら何でも知っていた。

校長　おまえの人生もずいぶん寂しくなってしまったな。

ヤスミナ　まだ残っているものはあります。私、エリックに会ったんです。彼が行ってしまう前に……。

校長　それでおまえは何を知っているのだ?

ヤスミナ　彼がいる場所は、あなたにとってはきっと彼にいてほしくないところ。秘密は守ると言ったの。いまや彼には彼の道を歩ませないと。

校長　おまえは私のことを憎んでいるだろう? おまえの姉さんを殺したのは私だと思っているのだろう?

ヤスミナ　あなたは自分で自分のことを充分に罰したのでしょう。私の心には憎しみはありません。

校長　私は大失敗をやらかした。こうなることがわかっていなかった。正確にはどの時点かはわからないけれども、どこかでやめるべきだった。その時点を境にして、やることなすことがすべて裏目に出た。生徒のことが見えていなかった。教育者にはあるまじきことだ。

ヤスミナ　学ぶのに遅すぎるということはないでしょう。私の父も、理解したのはずいぶん遅くになってからのことだった。

校長　私もまた自分の目をつぶさなければいけないのだろうか？

ヤスミナ　誰もが自分に見合った苦しみ方をするわ。

校長　犯した過ちがあまりに大きいので……。

ヤスミナ　私の父は過ちを犯したのではなくて、ただ傲慢だっただけ。スフィンクスよりも、ものを知っていると思ってしまったのですから。

校長　しかし私のほうはスフィンクスに会ったためしがない。

ヤスミナ　スフィンクスはいたのよ。あなたには見えていなかっただけ。あなたは質問をして答えていた。あなたは本当の意味での問いがあるとは考えもしなかった。あなたには回答しか見えていなかった。あなたには確信しかなかった。回答するのは簡単。ただ忍耐と労働があればいい。でも問いはずっとリスクが高い。それは命綱もなく虚空に張り渡された糸の上を歩くこと。一歩進むごとにバランスが崩れる。次の一歩をさらに信じて、道を考え出さなければならない。

校長　ということは、おまえも私は辞任しなければならないと思っているのか？

ヤスミナ　あなたはまだわかっていない。あなたの代わりの人間が、あなたよりましとはかぎらないわ。校長か、校長じゃないかが問題ではないの。大事なのはただ、立てられた問いに耳を傾け、それを理解すること。あなたがやっていたのはこれの正反対。質問を聞く前から答えを出しているんですもの。こうやっていたから、いつでも遅すぎるということになっていたわけ。

校長　ノルダンもスフィンクスの姿のひとつだったのか？

ヤスミナ　ええ、そしてハサンも。でも、彼ら自身も自分のスフィンクスと格闘していた。スフィンクスは残酷にも二人を食べてしまった。彼らがスフィンクスの問いを理解していたことを誰が伝えてくれるのかしら？

校長　アイシャもまたスフィンクスだったのか？

ヤスミナ　彼女は違う。彼女のヴェールはそうだったかもしれない。今ならわかるでしょ、アイシャのヴェールは視線を遮(さえぎ)るものではなくて、ひとつの謎だったの。あれは拒絶ではなく、むしろ呼びかけだった。開かれた問いだった。

校長　それでおまえはどうなんだ？

ヤスミナ　私にはもう他の人たちの問いで充分。

校長　（両腕で頭を抱えながら）エリックのことだが、取り返しのつかないことをしでかさないか、心配でたまらない。

ヤスミナ　生きるのが定めという人もいる。そのことについては私も少しはわかるつもり。

校長　あいつに何て言ってやったらいいのだろう？

ヤスミナ　あなたの問いは何だったのかと訊かれるときが必ずくるはず。これからのあなたには、自分の問いを考える時間がたっぷりあるわ。

照明がゆっくりと消える。

訳註

（1）「ドゥアー」は個人が自由に行なう祈願のこと。時間、回数、所作、唱える文句が決まっている「サラート」（礼拝）とは区別される。

（2）『コーラン』第二章一九五節。「われとわが身を破滅に投げ込んではならぬ」（井筒俊彦訳、岩波文庫、上巻、一九五七年）。

（3）『コーラン』によれば、宇宙には七つの天がある。楽園の門はハディースでは八つあるとされる。

（4）施設付聖職者（aumônier）のこと。

（5）サン゠ジェスト（一七六七―一七九四）はフランス革命時代の政治家。ロベスピエールの腹心で、恐怖政治の確立に尽力。公安委員会の一員として、自由の名において粛清を行なった。

（6）原文は « non assistance à personne en danger » で、意味は「危険な状態にある人に救いの手を差し伸べないこと」。法律用語で、フランスやベルギーでは危険な状態にある人を見捨てた場合には罪に問われる可能性がある。

（7）作中ではヴォルテール（一六九四―一七七八）からの引用とされているが、ラ・フォンテーヌ（一六二一―一六九五）『寓話』の「星占い」の冒頭にある言葉がもとになっている。

（8）闘牛では途中、銛打ちが飾りのついた銛（バンダリージャ）を打ち込む。

（9）エストカーダとは、闘牛の最終場面でマタドールが牛に刺すとどめのこと。

（10）ソポクレスの『アンティゴネー』では、アンティゴネーが死ぬと、クレオンの妻と息子も立て続けにこの世を去る。

ヴェールの悲劇　フランソワ・オストへのインタビュー（二〇〇七年六月二七日）

※ *Droit et société* 掲載

※文中の〔　〕は訳註を示し、詳しい説明が必要なものは番号をふり、インタビューの末尾に記した。

聴き手：クレール・ドガランベール

◉戯曲を書くアイデアはどこからやってきたのですか。どんな背景があったのでしょうか。

私は勤務先の大学で、「法と文学」という選択科目を担当しています。それが背景です。数年前、私は学生たちと、国家理性の逸脱が良心と対立する事例として、他のテクストとともに、ソポクレスの『アンティゴネー』について学びました。教員なら誰でもそうですが、私はさまざまな具体例を用いて教育を現代の状況に合わせて更新し、テーマの妥当性を示すようにしています。今回はそれがソポクレスのアクチュアリティだったわけです。大教室での授業でしたが、受講生のなかにヴェールを被った若い女子学生が二人いました。彼女たちのことはもちろん知っていましたが、教室にいるからといって特段私の関心を引いていたわけではありません。ところが、あるとき突然、これは明々白々な事実だと私の目に映ったのです。この若い女子学生はいわば現代のアンティゴネーなのだと。つまり、中立的で世俗的（ライック）であることを目指し、実際にそうであると思っている社会に宗教的なものが突きつけられていて、それがちょうど紀元前五世紀のアテネと似ていると気がついたのです。ソポクレスが書いていた時代、この都市国家は旧来のミュートス（神話体制）から前民主主義的な体制への移行を経験していました。宗教的なものの重要性は低下していたのです。ソポクレスはライシテ化〔政治の宗教からの自律化〕が進む都市国家の政治空間における宗教的なものの位置について問いを立てた、という仮説を立てることができます。それから二五〇〇年、私たちは宗教的なものを私的な領域に追いやることで、問題を最終的に解決したと思っていました。そこへ突然、宗教的なものがありありと、しかも厄介な形で、公共空間に再び現われてきたのです。

そこで私はすぐに自分の直観を掘り下げたわけではありません。例の女子学生を戸惑わせたくなかったのです。いずれにせよ、私のアイデアはまだ熟していませんでした。でもその瞬間から、アイデアが私のもとを離れることはありませんでした。そのあとは来る週も来る週も、この計画が私にずっしりとのしかかってきました。ヴェールを被ったアンティゴネー、あるいはヴェールを被ったアイシャの姿が頭から離れなかったと言っても構いません。そうした若いムスリム女性の動機を私は完全には理解していませんでした。書く行為、書くことへの移行は、このような呼びかけから生まれたものです。それは非常に具体的な文脈においてのことでした。教育の現場で、ソポクレスの教えを現代化しようとしていたのです。逆に言えば、おそらく問題はすでに提示されているのではないか、と示すことによって、現代の問題の新しさを相対化しようとしたのです。

◉社会で起きていた議論は、あなたがヴェールに関心を抱くのにどの程度の影響を与えたのですか。

私のなかで問いが立ったのは数年前でしたが、その時点ですでにフランスは特段に目立つ政治的・宗教的標章に関する法律を採択していました。ベルギーでの議論は、フランスと同じようにするのが適切かどうかをめぐってなされていました。問題はメディアで取りあげられていました。この点について知識人（法律家、社会学者、モラリストたち）の見解が求められていました。咄嗟に私は、この種の概念的あるいは科学的に傾いた分析には立ち入るまい、この問題をまったく別の角度から扱いたいと思ったのです。それがフィクションを書くこと、文学的なエクリチュールだったわけです。

◉なぜそのような選択をしたのですか。

文学的なエクリチュールには、きっといくつかの利点があるはずだと思ったのです――そして、それは実際に書くという経験によって確かめられたと思います。第一に、そうすることによってヴェール問題を個人の事例から扱うことができました。ヴェールを被ったアイシャ。他の若い女性と同じように論じることはできない人物像。これに私は関心を抱いたのです。個人の事例から出発することの利点は、出来合いの観念に抵抗できることにあります。出来合いの観念におそらくつきまとうステレオタイプや偏見に陥らずに済みます。人はイスラームと女性の関係について、一定の観念を抱いています。イスラームは必然的に女性蔑視であるというわけです。ヴェールについても、一定の観念を抱いています。それは若い女性を父親や地区のイマームに従属させる象徴にほかならないというわけです。もちろん私はこのような解釈があることを知っていましたが、個人の事例から出発したかったのです。こうして、ソポクレスのアンティゴネーをモデルとした一人の若い娘が誕生しました。彼女はヴェールを身につけ、クレオン役であるところの校長が破ってはならないと定めた禁止に抗して立ちあがります。そして、不当にも排除されていると彼女の目に映った兄の弔いに連帯の姿勢を示します。これは非常に特殊な文脈です。この戯曲でアイシャがとる選択は、ヴェールを被ることのない妹のヤスミナの選択とは異なります。文学は人間的なものを経験する実験場であると言ったのはポール・リクールですが、私はこの考えをもとにして非常に特別な経験をすることになりました。私は個別的な事例から出発して、もし彼女がヴェールを被ったら何が起きるだろうかと考えました。クラスの友人、教員、学校の執行部はどのような反応をするだろうか。彼女はどこまで行くのだろうか。彼女は耐えることができるだろうか。それが学校にどんな反応を呼び起こすことになるのだろうか、と。

答えの最初の要素は、ですから個人の事例から出発するということで、それがどのような具合に進むかということがありました。あと二つの要素を付け加えます。まずは〔通算で二番目〕、ヴェールについての肯定的な議論と否定的な議論をプロットに仕立て、実験的なフィクションの現実のなかで展開させてやること。そうすることによって状況の打開に貢献できるのではないか、いずれにせよ危機から抜け出すシナリオを見つけることができるのではないかと思ったのです。さまざまな議論や主張をプロットに仕立て、できることなら、それによってこれまでになかったシナリオを生み出すこと。これは、私にとってはかなり新しい企てでした。

三つ目の理由は、これが私にとっては最も重要なものですが、公論における私たち西洋の知識人の残念な傾向に関係します。二一世紀初頭の西洋知識人はかなり質が落ちていて、政治的な情念を過小評価する傾向があります。理性——さらに言えば計算的で、実利的で、道具的な理性——を過大評価しているのです。機能主義的なモデルに従って、あたかも万人が理性的であるかのように見なしています。ところで、私が思うに、政治というのは——マキャベリ以来そうだということを、けっして忘れるべきではないでしょう——根本的に情念に関わるものです。この点を無視してはなりません。さもないと、情念を追い払うことになります。そして、追い払ったはずのものが奇妙な回帰を遂げることにもなるでしょう。ここでも私はソポクレスを引用したいと思います。悲劇『アンティゴネー』のあの賞賛すべき第一スタシモンにおいて彼はこう言います。「都市を築きあげた情念、私たち人間はそれを学ぶ[1]」。都市を築きあげるのは、法ではなく情念なのです。都市の起源には情念があるのです。さらに、その情念を、私たちは学ぶというのです。

これらの情念は、ポジティヴにもネガティヴにもなりえます。ポジティヴというのは、首尾よくいけば、自由、平等、博愛の情念になるからです。建設的な情念です。しかし、それは死に至らしめる後ろ暗い情念に飲み込まれてしまう危険と隣り合わせです。そのような情念の筆頭にくるのが恐怖だと思います。たとえばホッブズは、恐怖をもとに政治哲学の体系を構築しました。現在の極右政党の台頭は、恐怖の増大からきています。他者に対する恐怖です。人種差別主義者、排外主義者、極右政党の支持者を理性や道徳の言語を用いて説明するのは、不適切だと思います。標的を見誤っています。出発点にあるのは恐怖なのですから。

私の仮説では、怒りや恐怖や排斥など、とても推奨できないような情念も含めて、ひとまずそうした情念を認める一種の言説と実践を見つけなければならないというものでした。そうすることによって、それらの情念を固有の地平――感情的でどろどろした情念の地平――で扱うことができます。そこから情念を道徳化し、合理化し、概念化する道も開けてきます。これこそがまさしく演劇とりわけ悲劇に期待されることです。アリストテレス以来知られている浄化のカタルシス効果です。そのためには、どろどろしたものの噴出、不愉快な側面や怒りも含めて、まずは情念を出さなければなりません。情念が一種の浄化の対象となるためには、それが表明できなければならないのです。このカタルシス、あるいは情念の浄化や純化は、学習の努力でもあります。先ほど述べた考えに戻りますが、私たちはこれらの情念を私たち自身に教えることによって学ぶのです。悲劇において、人は物事がどこまでいく可能性があるかを見定めることができます。そしてそのようなシナリオが起きたりすることがないよう、何かしら学ぶことができるのです。

要するに、概念的あるいは規範的な手続きで進めていくよりも、文学的な企てによってこうしたカタルシス効果を生み出そうとしたのです。そしてこの作品が当事者たち、つまり就学中の若者たちやマグレブ系の少女たちのものになればと念じていました。ご存じのように、反響はまだ非常にかぎられたものです。それでも嬉しいことに、作品が出版された翌年には、マグレブ女性たちがこの劇を演じました。問題を抱えた地区やブリュッセルのあらゆる種類の学校において演じられたのです。ベルギー人権連盟も、教室で多元主義、寛容、他者の恐怖などについて議論するきっかけになるといって支援してくれました。

◉この劇の作家として、あなたは登場人物の反応に驚かされることがありましたか。劇を書き出すときには、最初からシナリオができているものなのでしょうか。それとも、書くにつれて、劇中の人物像に驚かされたりするものなのでしょうか。あなたの最初の考えと、書き終えたときの考えは、同じでしたか。

幸いにも、書くことにはまさしく発見の機能と効果とがありました。ソクラテスの産婆術さながら、自分が引き出されていったのです。これぞフィクションを書くことの恩恵であり、喜びです。もちろん私の場合は、実際に書く作業において、いくらか楽をさせてもらったところがあります。私がやろうとしたのは、ソポクレスの転位、翻訳にほかならなかったのですから。下絵は最初からできていたわけです。とはいえ、いくつかの点において、とりわけ最後の場面であるヤスミナと校長の対話のシーンでは、テクストを大きく書き換えることになりました。コロスの登場場面は、本作品ではインタビューやテレビのニュースに置き換えています。発見のプロセスが機能したというのは本当です。私がアンティゴネー〔＝アイシャ〕に語らせた台詞のいくつかについては、私自身が今でもその意味を理解しようとしています。ときには作者が登場人物に追い抜かれることもあるのです。

◉具体例がありますか。

アンティゴネー＝アイシャが次のような台詞を言います。「私がこのヴェールを被るようになってからは、私のほうが男性の視線を導いているのであって、逆ではない」と。一言一句違わぬ引用ではないかもしれませんが、こんな感じでしたよね。これに関する質問も受けたこともあります。とても嬉しかったのは、ブリュッセルのある地区でマグレブ系の女性たちがこの劇を演じたことがあったのですが、そのとき女優にこう言われたことです。「まさにこれ！　私はこの台詞に自分自身の姿を認めたわ」と。私がこれを書いたのは、一種の直観のようなものでした。筆に任せていたら書けてしまったもので、概念化できていたわけではまったくありません。これぞフィクションを書く醍醐味です。登場人物が身体を獲得して具現化するのです。衣裳を着て議論をするだけではないのです。このような劇を書くときの危険とは、演技がややもすると人工的で型通りになり、登場人物がただ衣裳を着て議論をしているだけになってしまいかねないことです。登場人物が身体を獲得し、そこに血が通って、自分の人生を生きるところまでもっていかなければなりません。

◉劇の登場人物は、ある種のやり方で決定論をまぬがれているということですね。

まさにその通り。そこまでいけば、ある程度は成功と言えると思います。

◉あなたには最初から決まった考えがあったのですか。あなたにとって書くこととは、考えることの実験室だったのでしょうか。それとも、考えたうえでの行動であって、ある考えに形を与えようとしたのでしょうか。現在の私たちが置かれている葛藤の状況について、明確な方向性や解釈があったのですか。

明白なことがあるとすれば、議論の場における私の意見はニュアンスのついたものでした。実際のところ、私はベルギーの観点から見て、フランスの法律には反対でした。一方的で、状況の多様性を軽んじていると思ったのです。率直に言って、ちょっと余裕のない法律で、その様子はスタジ報告書(2)の多くの文面にも反映されています。共和国が攻囲されている、ぜひとも法律を作らなければならないとあります。対話するにはもう遅すぎると言うかのようなのです。この「遅すぎる」という感覚が、とりわけ教育に関してあったことが、私にはショックでした。私は、とりわけ学校という場では、遅すぎることはけっしてないと考えています。学校が対話と説得という自らに固有の手段を通じて、自由——さまざまな自由と言ったほうがいいかもしれません——を尊重させることができないということは、無能もしくは失敗を告白しているようなものです。スタジ報告書にはひどい文章がありました。「若者はまだ不安定で壊れやすい。学校での信念とりわけ宗教的信念の表明は自明ではない」。私の考えはこれとは逆で、確かに若者は不安定で壊れやすいけれども、信念が形成される時期でもあるのです。学校という場で、さまざまな自由の考えに触れ、経験することができなければ、どこでそれができるというのでしょうか。このような直観が、出発点にはありました。

◉それはアイシャの許嫁エリックの立場ですね。父親である校長と議論するときのエリックです。

よくぞご指摘くださいました。私の基本的な問題意識は次のようなものです。「私たちは何が正しいかは知らないけれども、何が正しいかについて議論しなければならない、そしてできるかぎり長く議論しなければならない」。したがって、できるかぎり長く議論できるための条件を整えること。これがまさにエリックの立場であるわけです。エリックはソポクレスの劇におけるハイモンに相当します。クレオンの息子にしてアンティゴネーの許嫁です。私の解釈では――ここではイスラームのヴェールは関係ありません――ソポクレスの『アンティゴネー』においてはハイモンがソポクレス自身の視点を表わしています。通念に反しますが、ソポクレスはクレオンもアンティゴネーも正しくないとしていると私は考えます。クレオンかアンティゴネーかというヘーゲルのアンティゴネー解釈の二分法から、私は抜け出したいのです。アンティゴネーにも欠点があります。クレオンの欠点はよく知られていますが、アンティゴネーにも一方的なところがあるのです。彼女の愛は不毛な愛です。アンティゴネーのフィリア（愛）は一族のための愛で、近親相姦すれすれです。彼女の発言は、本当の対話に至るものではありません。コロスもそのことで彼女を批判しています。彼女は一人で墓に入っていきます。彼女は相手を納得させるということをしません。死後にしたとは言えるかもしれませんけれども。アンティゴネーという人物のなかには、どこか自ら死を求める孤独で近親相姦的なところがあります。これは彼女の陰の部分です。そのおかげで、彼女はただの象徴的な人物像を超えて、現実的な人間となっています。自爆行為に走るチェチェンの女性、息子を自爆行為に駆り立てるパレスティナの女性におそらく通じるところがあります。善し悪しの判断は控えておきます。状況を考えれば理解はできます。そしてこれらは人間的な状況なのです。アンティゴネーの陰の部分こそが、人を引きつけ、アンティゴネーを一人の人間にしているのです。結果として、私の考えでは、生まれつつあるデモクラシーという文脈のなかでソポクレスのテーゼを最もよく表わしている登場人物は、ハイモンということになります。彼は父親に対して、国家の運営は一人でやるものではなく、唯一の致命的な政治的過ちとは権威的なやり方で議論を打ち切ることにあるのだと説いてやみません。

◉おそらくクレオンにも光の部分がありますね。校長は何度も頑迷固陋な姿勢を見せますが、ヤスミナと一緒にいる最後の見事な場面での立場が光の部分でしょう。自分は制度を支える役割を体現しているのだという意識が、持続的で秩序を重視する安定的な基準を作り出すことになっています。制度を支える自分の役割に、彼自身が部分的に囚われている様子も感じられます。

確かにそうです。そこはアヌイの『アンティゴーヌ』の影響が感じられるところです。ジャン・アヌイが描き出したクレオン像ですね。私だって、ソポクレスを鵜呑みにしたわけではありません。

◉クレオンに光の部分があるとすれば、どういうものだとお考えですか。

正直な点だと思います。彼は自分ではうまくできると思っているのだと思います。私はフランスの立法者たちが、正直で、うまくできると思っているのだろうと評価しています。この啓蒙の理念は誠実なものだと思います。しかし、この理念はいささか見切りをつけるのが早く、またそれがもつ普遍性の概念が、差異を打ち砕いてしまうおそれがあります。私は今翻訳を熱心にやっています。翻訳をしていて私が好ましく思うのは、翻訳は唯一の言語という考えを断念していることです。翻訳するとは、翻訳不可能なものがあることを意識しながら、他者の差異の正面に行くことです。これは近代の「バベル」の言語たる英語の普遍化でも、地方語や個人語への引きこもりでもありません。これは私が倫理的に擁護したいと思ってきたことに通じますが、差異をあくまで同化の目的においてではなく、本当の意味で尊重することです。私たちの西洋的な啓蒙の概念、普遍性の概念も、いくつかの点において、覇権的なものになってしまうおそれが今でもあります。おそらく普遍的なものを構築するには、さまざまなやり方があるという考え方を受け入れなければなりません。もちろん、公的秩序と暴力の禁止の範囲においてのことです。いくつかの場合においては、ひとつの制度は擁護されるべきで、正当防衛の状態にあることはわかります。

私の問いは、カーソルをずらしてみたらどうかということです。そこまで緊急性があると確信をもって言えますか。禁止のほかに選択肢はないと確信がもてますか。まだ対話を続けるべきなのではないでしょうか。

◉あなたの作品で非常に面白いと思うのは、この話の本当の主人公は不確実性なのではないかと考えさせられることです。物事についての定まった考えなんかより、断然不確実性です。そしてこの不確実性が、最終的には物事を確定させていくことになります。ノルダンと兄のあいだには何が起きたのでしょうか。手榴弾を使って何をしようとしていたのでしょうか。手榴弾はテロを起こすためのものだったのでしょうか。特筆すべき見事なシーンがありますね。メディアから質問を受けた哲学者が、物事を説明するのに、何もまだ証明されたわけではないと語る場面です。このような不確実性が最初から最後まで続くわけですが、同時にそこへすぐさま問題の立て方について支配力を行使する立場が加わって併走していきます。その典型が校長です。ヴェールを被ることは、テロと手を結ぶことであると。

まさに腕の見せ所は、そのような不確実性を対話の継続や議論のやり取りによって生産的にすることにあります。ヴェールについて言えば、ニュアンスをつけた対策を講じ、いくつかの制限を設けて容認することです。個人的には、私は顔面をすっかり覆うヴェールは好ましくないと思っています。私たちは顔の文化のなかで暮らしています。他者性とはやはり他者の顔の承認からくるものです。覆われた顔は他者にとっては暴力的な振る舞いです。ここでもまた、私はあなたが指摘する不確実性が、しかるべき尺度に翻訳されるべきだと考えます。二つの陣営の各々が行き着くところまで行く理屈に翻訳するということですね。私はヴェールを無条件で許可することにも賛成ではありません。ヴェールが人びとを危険にさらしたり、強制勧誘活動の印のように見えたりするようなことがあってはなりません。私だったらこのように希望したはずです。しかし、このような不確実性が作品を貫いているというご指摘は、その通りです。それに、最後の問答の場面にあるのは、こう言ってよければ、物語の教訓のようなものです。ヤスミナは校長に言います。「あなたは必ずしも間違っていたわけではない。けれども扉を閉ざしてはいけなかった。質問をみな聞き終える前に答えを出してはいけなかった[3]」。しかるに、校長という立場からして、またあなたが指摘されたようにメディアの圧力を受けて、明らかに彼は拙速な形で手榴弾を解釈し、内部の秩序を引き締める規則を定めることを余儀なくされました。

◉さまざまな演じ手（制度機関やアソシエーション）があなたのテクストをどう自分のものにしていったのかをお聞きしたいと思います。けれども、まずその質問の前に、批評やメディアはあなたのテクストをどう受け止めたのですか。

読んでくれた人は評価してくださったものと思います。学校やマグレブ系の界隈でよい評判だった様子を見て嬉しく思っています。作品について語ってくれた方々、とりわけ批評は——ベルギーの新聞では『ル・ソワール』や『ラ・リーブル・ベルジック』が取りあげてくれました——オリジナルなものだとか言って、好意的に迎え入れてくれたと思います。これとは反対に、このあとお話ししますがひとつの例外を除いて、オフィシャルな劇場でこの作品が演じられるということは、今のところありません（あるいは永遠にないのでしょうか）。主題があまりに微妙で厄介に見えるのかもしれませんし、あるいは他に申し分のない正当な理由があるのかもしれません。私としては努力したつもりですが、書かれた文章が知的にすぎると思われているのかもしれません。私としては、そうしたことを批判できる立場ではないでしょう。いろいろな事情を考慮に入れることはできます。お話ししようと思った例外とは、ブリュッセルを代表するマルティール劇場にて、プロの俳優たちが演じたことです。というか、公共の場で朗読されたのです。ばっちりの配役で、会場は超満員でした。ただ、それは他の劇場支配人たちを説得するのに充分でしょうか。それは私がまったくあずかり知らないことです。

◉先ほど、学校やマグレブ女性のアソシエーションのお話しが出ました。その上演をご覧になったと思います。舞台化に当たって、あなたのテクストはどのように扱われたのでしょうか。強調されるべき点はしかるべく強調されていましたか。テクストに特別な脚色がなされたりしたのでしょうか。

白状しますと、マグレブの女性たちの場合は、本当に基本的で基礎的なところからはじめなければなりませんでした。彼女たちが舞台にのぼったのは初めてでした。男性役も女性が演じました。ほとんど一から手取り足取りが必要だったと言ってもいいくらいです。非常に基本的な教養を学ぶことからはじめました。ただ、最初の手ほどきをする人がよく言うことですが、もしも相手に手ほどきをしたいのならば、相手に関係のある話題にする必要があります。ペルーの貧しい農民に、トウモロコシの収穫の話をすれば、学ぶ努力をするでしょう。これらの女性たちについても同じことが言えます。なぜなら問題は何よりも彼女たちに関係するものだからで、彼女たちはそこから入っていきました。私は公演を観に行きましたが、それはこれまでまったく経験したことがないものでした。会場に男性は私一人でした。妻と一緒に行ったのです。すごいでしょう。文字通り、男性は私一人だったのです。そのことで会場に笑いが起きたくらいです。それで全部ですね、あとはアカデミーでの上演がひとつ。アンティゴネーを演じた女性が私にこう言ったのです。「どんなに私のためになったか、あなたは想像できないでしょう。今では私はきちんと顔をあげて街を歩くことができるのです」。もちろん、私は人類学や民族学をすっかり研究したわけではありません。もっと時間をかけるべきだったかもしれません。物事を深く理解し、長い目でその効果をはかるためには。

◉その女性たちの多くはヴェールを被っていたのですか。

ええ、ほとんどがそうでした。それがひとつの問題でもありました。私の作品のアンティゴネー〔＝アイシャ〕は、最初はヴェールを被らずに登場しなければなりません。最初の場面の終わりでヴェールを被るわけです。役者にとってはそれが問題になりました。最初は髪を見せる姿で登場しなければならないわけですから。

◉その女性はその問題を技術的にはどう解決したのですか。

最初はレースを被っておいて、その上に別のスカーフを被ることにしたのです。ぎりぎりの実験でしたが、非常に興味深いものでした。彼女たちはみんなで一年をかけて練習しました。それから、この点は強調しておくに値しますが、フラマン語〔ベルギーで話されているオランダ語〕系の文化アソシエーションが、フランス語で作品を上演したのです。ベルギーは言語紛争で分裂しているとよく言われます。それが現場ではどのような状況であるかが、よくわかるというものです。

フラマン語系の文化アソシエーションが、フラマン語系の資金で、マグレブ系の女性とフランス語で仕事をし、フランス語で書かれた作品を上演したのです。

◉彼女たちは若かったのですか。

はい。とにかく主要人物を演じたのは若い人たちでした。もちろん会場にはあらゆる年齢層の人たちがいました。子どももいました。この作品を演じた学校もいくつかあります。人権連盟がいくつかの学校の執行部に、こんなテクストがありますが教材としてどうですか、と提案したのです。基本的な考えは、テクストを学習するだけでなく、人権に関する国際的な文書の一部を学習する機会にし、それらについてあれこれ話し合うことです。その都度劇全体を見せる必要は必ずしもありません。一場面やひと続きのシーンを見せ、議論の種にすればいいのです。人権連盟はこの手続きを、寛容の問題を意識化するための出発点として、充分に面白いと思ってくれ、それを一年間全体のプログラムにしてくれました。彼らがその経験について映画を撮っていたことも知っています。現在編集中のようです。この映画とともにある足跡が残るでしょう。それが別の学校や別のクラスで放映されるかもしれません。

◉それは学校ではどのように受け止められているのですか。

まとめを言うのは早すぎます。次元が低いところもあります。教育の問題はいたるところで同じです。学生に興味関心をもたせ、アンティゴネーとは誰かを説明するのは難しいことです。生徒たちを少しずつ巻き込んでいくために、フランス語の教員グループ——ギリシア語の教員ではありません——が団結してやるべき仕事は山ほどあります。まだ振り返る段階ではありません。

◉演じ手がこのテクストを戦闘的に用いる可能性もあるのではないかと……

どうでしょうか。私にはどの世界も非常に閉鎖的だという印象があります。人は自分が知っていることについてしか仕事をしません。私は開くための努力を尽くしたつもりですが、それでも私の姿勢は知的にすぎ、教養を要求し、アカデミックに傾いているとしばしば受け止められました。実際にテクストを開いてみれば、まったくそんなことはないとわかるはずです。しかし、壁はとても厚いのです。金銭面での壁もあります。テクストの刊行は贅沢です。版元にはとても感謝していますが、私は本が高すぎることを認める最初の者です。それに、私が人に知られているのは法学者としてであって、法学者であることがすっかり肌に馴染んでいます。法学者がフィクションの分野で何かを言ったところで、人は興味をもってくれるでしょうか。

それと同時に、私は、あなたがおっしゃたことを非常に警戒しています。この本が戦闘的な用いられ方をするだろうかという問いは私も立てていました。そうなったら私の反応はどうだったでしょうか。面食らったかもしれません。けれども問題は、本当の意味では起こりませんでした。ベルギーには人権連盟がありますが、それよりも戦闘的で現場密着型のアソシエーションがあります。人種差別外国人差別反対運動（ＭＲＡＸ）です。この団体はすぐに本の大義を支持しました。彼らはＣＯＩＦと呼ばれる運動を展開していました。ヴェールを被るも被らないも自由という団体です。この団体は、いくつかの条件の下でヴェールを学校で被る自由の承認を求めて、法的闘争を繰り広げています。彼らは私の作品に、この方向に行く文学的な証言を見出しました。このときは、一種の戦闘的な転用に近いと感じました。

◉かなり活発なライシテ主義的なロビー団体もあるわけですよね。そのような団体からの苦情はなかったのですか。

公式にはありませんでした。一度か二度、『レ・トリビュノー』紙で批判されました。友人ですけれども、ライシテ派の人です。彼らは文体と着想のオリジナリティと妥当性を褒めてくれました。しかし、私の主張の核心部分を否定するものでした。もはや議論をしている段階ではなく、自由が正当防衛をすべき状態にあるというのが彼らの考えでした。でも、それ以上のものではありませんでした。

あなたの質問には非常に考えさせられます。お答えするとすれば、やはり私たちの環境はそれぞれ非常に閉鎖的だということです。私はちょっとした挑戦状のつもりで、統合とヴェールの問題に取り組んでいた賢人委員会——ベルギーには二つありました——のメンバー全員にテクストを送ってみました。返事は皆無でした。誰もが自分の小さな領域で仕事をしているのです。私が知られているのは、法哲学者でも法学者でも構いませんが、知識人としてです。別のことをやったところで、周りの人はそれを受け入れはしないのです。

◉地位があるからメッセージが受け入れられたというわけではないのですね。

まさにその通りです。それは私にとってはよいことです。ひとつの挑戦だったわけですから。最初から名声があって扉が開かれているというのは嫌です。作家として受け入れられるのは面白い経験です。私が作家なら、作家として受け入れられなければなりません。私はこの種の境界侵犯が好きなのです。私の近著は『サドと法』〔*Sade et la loi*〕という表題で、オディーユ・ジャコブ社から出ています〔原著二〇〇五年刊行〕。前著『法を語ること』〔*Raconter la loi*〕に引き続き、私は倒錯と義務についての本を書きました。サドという人物は実に並外れていますので、彼だけを取りあげて一冊の本を書く価値がありました。法の裏側、法の偽造。私はこの本を書き終えました。それはサドとポルタリス（『民法典』の執筆者）の架空の対話による科学的な試論です。二人の男は革命のテロルが吹き荒れる最悪の時期に、精神病院という同じ場所で、ともに囚人でした。彼らはその夜、ロベスピエールが失墜する前夜に、何を話し合った可能性があるでしょうか。私はまず、オディーユ・ジャコブ社がこれを本の補遺として受け入れてくれたことに満足しています。むしろ科学的なコレクションに収められた一冊の本ですが、三〜四〇ページほど別の種類のものがついているわけです。今年の一〇月には、パリの破棄院で、「法と文学」というシンポジウムが行なわれます。プロの俳優たちが『サドとポルタリス』の対話を演じる予定です。私はこの作品を破棄院に持ち込むことに成功したのです。非常に誇らしいと思っています。というのも、これもひとつの境界侵犯だからです。破棄院で「法と文学」をやることだけでも、なかなかのものです。そこへさらにサドを持ち込もうというのですから……。もはや法的でも科学的でもない別種の言説を導入しようというわけです。まさにフロンティアでの冒険です。

◉あなたは教育者です。前からお尋ねしたかったのですが、将来の法律の専門家を育てるに当たって、「法と文学」という科目の教育を、あるいはこのように文学を用いることを、どのようにお考えですか。

まず、ご存じのように、ベルギーにおける法の勉強は、少なくとも〔大学の〕最初の二年間はフランスよりもオープンです。そして学際的です。とはいえ、「法と文学」の教育はヨーロッパ大陸ではむしろ例外的であることは認めます。米国では、トップクラスの大学も含め、四〇％の法学部のプログラムにこの種の教育があるとの計算があります。あなたのご質問にお答えしますと、私は学生を問いで育てることが重要だと思っています。まさしく社会的紐帯の想像的な基盤への注意を引く問いです。ですから、それは法にも関係していて、法はこの想像的な側面を考慮に入れないと説明できないのです。私たちは先ほど恐怖について語りました。今度は想像力がテーマです。この種の教育には多くのことが期待できます。教養を補うことができます。法律家の技術的な質を向上させることができます。つまり発言と記述が改善されます。〔しかし〕私の強調点はそこではありません。私にとって本質的だと思うのは、倫理に関するものです。無味乾燥と形式主義に埋もれた法律的な技術を、文学が反映する人間的なものの深みと突き合わせることが、法律家養成の喫緊の課題です。ウトロー事件[4]がいい例です。この事件を見ると、あくまで形式的で技術的で概念的な法律家養成がどのような結果に至るかがわかります。もしこれらの裁判官が、人間の魂の深さや裏表について注意深い感覚をもっていたならば――それをよく表わすのが文学です――おそらくはあのような誤りに陥ることはなかったでしょう。

想像力という美点はあまりにしばしば忘れられていますが、文学はそこに法律家の注意を引きつけます。教えに忠実な専門家が生み出されていますが、専門家は与えられたものを再生産し、ただひとつの考えに閉じこもります。しかるに、私たちの時代は法律家に、これまでの時代と同様に、多くの想像力を要求します。合衆国最高裁のブレイヤー判事は、裁判官の職務に最も必要な訓練が文学だと言っていました。文学が提供するシナリオは、人間的状況における知覚を洗練することができ、打開不可能に見える状況に代替策を見つけることができます。あるアメリカ法の教授が言っていました。「私はまだ答えの出ない問題を学生に教えているというか、学生の注意をそのような問題に向けていますが、それは文学のおかげなのです」と。法律の勉強は、最初からできている答えを学ぶことです。文学は、これとは反対に、可能なものを解放し、ユートピアの意味を表現します。この可能なものの意味が、今日の大学教育において非常に必要とされています。大学では悲劇的な再生産が繰り返されています。

◉「法と文学」の教育的な有用性、また創造性の観点から見た開放性は、「法と社会学」とはどのような関係にあるのですか。相補的なものなのでしょうか。

まったくその通りです。「象徴または物語は思考を促す」と述べたリクールの考察から出発しましょう。(5) 二つの要素が重要です。ある文学コーパスを一定程度マスターしておくことは重要です。そのような物語の総体が、思考を促し、想像力を育みます。しかし次に――この二番目も同様に重要です――この素材を検討しなければなりません。ここで科学が仕事を引き継ぐことになります。もちろん科学の有用性とは、これらの直観をもっと遠くまで押し進め、理論化し、概念化することにあります。このような文学的直観と科学的構築の弁証法的な緊張関係のなかに、私は教育を位置づけています。ひとつ非常に具体的な例を挙げましょう。法社会学の基本軸であり、またその見事な達成のひとつは、法律の評価です。法案ないし採択された法律のテクストの効果を批判的に検討することです。そして、ひとつのテクストを採用すればうまくいくわけではないことを法律家に思い起こさせることです。現実とテクストをつなぐものが必要です。この観点から言うと、バルザックの『セザール・ビロトー』のような作品はこの分野のモデルです。これは破産に関する一八〇七年のフランスの法律についての批判的評価です。この法律は、目も当てられないほど悲惨なものでした。バルザックはその文学的分析を行なっています。それをもとにして私たちは、非常に適切な社会学的な教訓を引き出してくることができるのです。もうひとつの例は、ドストエフスキーとトルストイで、犯罪学に関するものです。ドストエフスキーは自分自身が徒刑囚でした。彼はツァーリ〔ロシアの皇帝〕の時代のシベリアの流刑地を生きました。ドストエフスキーとトルストイはこの環境について、とりわけ刑務所の状況について、よく知っていました。そのため彼らは犯罪学に関して非常に適切なことを言っています。同時代のロンブローソ、フェリー、ガロファロが長々と述べていることよりも、ずっと適切です。私は文学にある一種の非学問的なところが、科学的な学問にとって非常に有用であると思います。もちろん、両方の要素が重要です。反知性的な耽美主義のようなものに与するつもりはまったくありません。

◉あなたはまえがきでこう述べています。「私たちは、すべてを分類し、秩序づけていた。コンセンサスをなす価値は公的領域へ、宗教的価値は私的領域へと」[6]。私が疑問に思ったのは、あなたは議論の必要性を非常に強調するわけですが、議論を閉じずにできるかぎり開いておいた場合、規範がますます流動化することはないのかということです。それが現代の文脈の固有性かもしれません。ヴェール問題に戻って言えば、一九八九年の段階と今日とで、同じように考えることはできるのでしょうか。さまざまな表象が折り重なって沈殿効果が生じ、もはや同じ言葉で問題を立てることはできないのではないでしょうか。

二重の矛盾する動きが起こっていると思います。一方には、険悪化と硬直化の動きがあります。とりわけイスラームの状況とそれが引き起こしている反応の様子を見ていると、立場は時間の経過とともに険しくなり、危険な硬直化が生じています。他方、逆の動きもあります。それはほとんどコスモポリタン主義と言ってよい動きです。一定の価値を共有する共同体として、国のレベルで規範が定義されることは、ますます少なくなっています——この点、フランスの法律は本当に例外的です。むしろ規範は、完全にグローバル化され、ほとんどコスモポリタン化した公的空間の枠組みにおいて定義されています。その今日的な表現のひとつが「裁判官の対話」と言われているものです。最近流行のテーマです。アントワーヌ・ガラポンとミレイユ・デルマス゠マルティが、つい最近出した本のなかでそれについて述べています。それは憲法院などの大法廷が、完全に異質な法的秩序から事例や参照を借用するようになってきているという考えです。そのような事例が今日増大していて、とりわけ合衆国では感情的な議論が起きています。けれどもこの動きは不可逆的なものだと思われます。裁判官は国境を越えて友好関係を築き、もはや一国の法的システムに囚われていません。一種の国際公法、トランスナショナルな自然法が創造され、世界の法の天蓋が覆われようとしています。こうして合衆国では、たとえば、死刑が疑問視されはじめています。少なくとも未成年者や精神疾患がある者についてはそうだと言えます。これはトランスナショナルな自然法のようなものに依拠しているのです。合意のある成人間の同性愛を禁じるような法律についても、同様のことが言えます。

ですから規範の変化についてのあなたの質問に答えると、私は二重の動きを見ています。ひとつの表立った動きは、私はそれを「ネットワークのなかの法」と呼んだことがありますが、ますますヒエラルキー的な生産に対応しなくなっています。フラットで、多くの人びとが恒久的な対話をしています。対話をする人びとは多様で、そのリストは閉じていません。ますます多元化する世界に対応しています。そこから翻訳の必要も出てきます。翻訳とは、唯一の言語を断念することです。また個人語を断念することです。これとは逆に、より懸念されるもうひとつの動きがあります。それについてはもうお話ししましたが、立場の硬直化です。知識人の悪い癖ですが、私はいつも次のように考えてしまいます。「このようなネットワークや翻訳といった希望が叶えられることはあるまい」と。人はきちんとそのことに気づいていませんが、おそらくは世論の麻痺やアイデンティティの引きこもりのようなものがあります。反動的な立場が非常に暴力的なやり方で回帰してくるのではないかと、私は大いに懸念を抱いています。だから私は、恐怖と政治的情念について語るのです。私は網状の言説の動員能力について、あまり幻想を抱いていません。

私には『ピラミッドからネットワークへ？』〔*De la pyramide au réseau?*〕という著作がありますが（ミシェル・ヴァン・ド・ケルショーヴとの共著）、タイトルについているのは疑問符であって、感嘆符ではありません。ひとつの章の表題は「役割を模索する国家」です。国家は消えるのではありません。ただ新しい関係的状況のなかで自分の役割を再構成しなければならないのです。今日の私たちが観察しなければならないのは、状況は非常に複雑だということです。いくつかの国家――私はとりわけ合衆国を考えます――は、非常に大きな力の位置を占めています。ひとつの超国家であるだけでなく、唯一の超国家になっています。なにしろ唯一で排他的な超大国ですから、駆け引きはさらに複雑化します。自分の役割を模索する小国、中規模国があります。トランスナショナルなネットワークの現象があります。これらすべての要素を考慮に入れた世界のガバナンスを考えなければなりません。私は、倫理的理由によるものでもありますが、国家は消えていないし、国家が消えないことはよいことだと考える者の一人です。なぜなら、全国規模の安全――あなたはこのことを示唆しました――や連帯を考えるのに、国家より適切なレベルはまだ見つからないからです。幸いなことに、国家はまだすっかり退場したわけではありません。少なくとも言えることは、国家はその役割を再考しなければならないということです。複数的な関係の地平において、ヨーロッパのような超国家的な審級とともに、超国家的なあらゆる種類のネットワークがあります。科学的、財政的、イスラーム的なネットワークがあり、やりとりは混乱しています。これらのフロンティアは、少なくとも多孔的なものになっています。いずれにせよ、国家抜きで社会理論を構築するのは、あまりにナイーヴと言うべきでしょう。

◉どうもありがとうございました。

訳註

（1）この第一スタシモン第二ストロペーの該当箇所（三五五～三五六行）を、オストは « Les passions qui instituent la cité, nous les hommes, nous les apprenons à nous-mêmes. » というフランス語で引用して「情念」（passions）という言葉を強調している。なお、この箇所は岩波文庫（中務哲郎訳）では「都市を営む気概を自ら習い覚え」となっている。

（2）二〇〇三年にシラク大統領が招集したスタジ委員会の報告書。公立校におけるヴェール着用禁止の提言を含んでおり、翌二〇〇四年に制定された法律のもとになった。

（3）オストはここで本作品から一言一句正確に引用しているわけではない。

（4）フランスで一九九七年から二〇〇〇年にかけて起きた集団児童性的虐待事件。子どもを性的虐待の対象にしたにもかかわらず、被告の多くは無罪となった。事件も法廷の機能不全も大きなスキャンダルと受け止められた。

（5）オストの発言 « Le Symbole ou le récit donnent à penser » は、リクールの論考「象徴は思考を促す」（« Le Symbole donne à penser », *Esprit*, n°7-8, 1959.）を踏まえたもの。

（6）インタビューアーはここで「まえがき」から一言一句正確に引用しているわけではない。

訳者解説

本作『ヴェールを被ったアンティゴネー』〔*Antigone voilée*〕は、ソポクレスによるギリシア悲劇『アンティゴネー』（紀元前四四二年頃）をもとにしたアダプテーション（翻案）作品である。そのことをタイトルから直ちに了解して作品に入っていくことのできる読者もけっして少なくないだろう。けれども、いわゆる「原作」として本作品の下敷きになっている『アンティゴネー』のほうをそもそも知らない読者もいるかもしれない。

そのような読者のために少し道案内をしておこう。

アンティゴネーの名はこれまでに耳にしたことがなくても、オイディプスの物語は知っているという人はかなり多いのではないだろうか。オイディプスとアンティゴネーの話は、ギリシア神話のテーバイ物語としてつながっている。

テーバイの王ライオスは、「息子が生まれたらその息子に殺されるだろう」という神託を受けており、子どもを儲けることを避けていたが、ある夜酒に酔った勢いで妃イオカステと交わり、男児が生まれてしまう。神託の実現を恐れたライオスは、家臣に命じて赤子を山中に捨てさせるが、牧人の手を経て、子どものいなかったコリントス王のもとに引き取られる。

オイディプスと名づけられたこの子は、コリントス王の実子として育てられて若者に成長するが、あるとき「父親を殺して母親と交わるだろう」という神託を受けると、神託の実現を恐れてコリントスには戻らず、放浪の旅に出る。

オイディプスは旅の途中、山中の三叉路で通りがかりの老人と言い争いになる。この老人が実の父親ライオスなのだが、オイディプスはそれと知らずに彼を殺してしまう。その後、旅を続けてテーバイに入国したオイディプスは、住民を苦しめていたスフィンクスの謎を解き、空位になっていたテーバイの国王となり妃を娶る。妃は実の母親イオカステなのだが、オイディプスはそれと知らずに彼女と交わってしまう。

フロイトは、この物語に着想を得て、男児は無意識のうちに父親を憎み、母親を愛する傾向があるという説を唱え、エディプス・コンプレックスという概念を編み出したことはよく知られているだろう。

オイディプスとイオカステのあいだには、四人の子どもが生まれた。エテオクレスとポリュネイケス、アンティゴネーとイスメネの二男二女である。やがてテーバイは凶作や悪疫などに見舞われた。神意をうかがうと、原因は先王ライオス殺害の穢れにあると出た。犯人探しに乗り出したオイディプスは、ほかならぬ自分が父親を殺害し、母親と交わる罪を犯したのだと知る。真実を知ったイオカステは自害し、オイディプスは両目をつぶして放浪の旅に出る。このとき盲目の父親の手を引いたのが、アンティゴネーである。

オイディプス亡きあとのテーバイでは、イオカステの弟クレオンが摂政となった。二人の息子エテオクレスとポリュネイケスが長じてからは、兄弟が一年交替で国を治めることになっていた。だが、エテオクレスはこの取り決めを守らず、交替の時期がきても王位を譲ろうとはしなかった。ポリュネイケスは軍を率いてテーバイを攻め、二人の兄弟は互いに刺し違えて戦死した。

新しくテーバイ国王となったのはクレオンである。彼にとっては相討ちして果てた二人の兄弟はともに甥だが、新国王は国を守って死んだエテオクレスを英雄として手厚く葬る一方、テーバイを攻め落とそうとして命を落としたポリュネイケスの埋葬を禁じた。これに対してアンティゴネーは、叔父にして国王であるクレオンの禁を破って、兄ポリュネイケスの埋葬を敢行するのである。

ソポクレス『アンティゴネー』の最大のクライマックスは、何と言ってもアンティゴネーとクレオンの直接対決にあると言えるだろうが、他の四つの対決と合わせて五つの対決をハイライトと考えると、物語の筋と構造が掴みやすい。

第一の対決は、兄ポリュネイケスの埋葬を決意する姉アンティゴネーと、それを制止しようとする妹イスメネの対決で、物語の冒頭に配されている。

第二の対決は、固く禁じられているはずのポリュネイケスの埋葬がいつの間にかなされていることを、おそるおそる王に報告しにいく番人と、それを厳しく叱責するクレオンの対決である。

第三の対決がアンティゴネー対クレオンで、兄を葬るのが道と信じるアンティゴネーと、規則を守らせようとするクレオンが火花を散らす。この叔父と姪の対決には、男性と女性、年長者と年少者、権力者と挑戦者、社会と個人、国の法と神の法——政治と宗教と言ってもよいかもしれない——など一連の対照的な組み合わせの対立が見られる。

第四の対決は、クレオンとハイモンの対決である。ハイモンはクレオンの息子にして、アンティゴネーの許嫁。クレオンがアンティゴネーに死を与えようとしているのを知り、思いとどまらせようとするシーンである。

第五の対決は、クレオンとテイレシアスの対決である。盲目の予言者テイレシアスが、耳を貸さない国王クレオンを諫める場面である。

結局、ソポクレスの『アンティゴネー』では、アンティゴネーが死に、ハイモンが後を追って死に、さらにハイモンの母にしてクレオンの妻であるエウリュディケが自ら死を選ぶ展開になって幕を閉じる。

ソポクレス『アンティゴネー』については、すでにいくつかの邦訳があるが、やはり岩波文庫（中務哲郎訳、二〇一四年）を筆頭に挙げておきたい。オイディプスの物語から続けて読むには『オイディプス王・アンティゴネ』（福田恒存訳、新潮文庫、一九八四年）、現代までに伝えられるソポクレスの作品七点を収めたものとしては『ギリシア悲劇Ⅱソポクレス』（ちくま文庫、一九八六年）がある。いずれも文庫で入手が容易なものである。

ソポクレス『アンティゴネー』は、これまでさまざまな批評やアダプテーションの対象になってきたが、本作フランソワ・オスト『ヴェールを被ったアンティゴネー』のように、「原作」の構造と設定を下敷きにしながら、場面設定と登場人物の名前をここまで大きく変えるのは、むしろ珍しい部類に属するのではないだろうか。

『ヴェールを被ったアンティゴネー』の舞台は、現代のフランスあるいはベルギーとおぼしき国の学校だが、同じようなことは他のヨーロッパ社会で起こってもおかしくない。国名は特定できないようにおそらく意図的にぼかされているものと思われる。オイディプスの四人の子どもたちに相当するハサン、ノルダン、アイシャ、ヤスミナは、北アフリカのマグレブにルーツをもつことが示唆されているムスリムである。

ソポクレスの「原作」では、テーバイの国をかけて争ったエテオクレスとポリュネイケスの兄

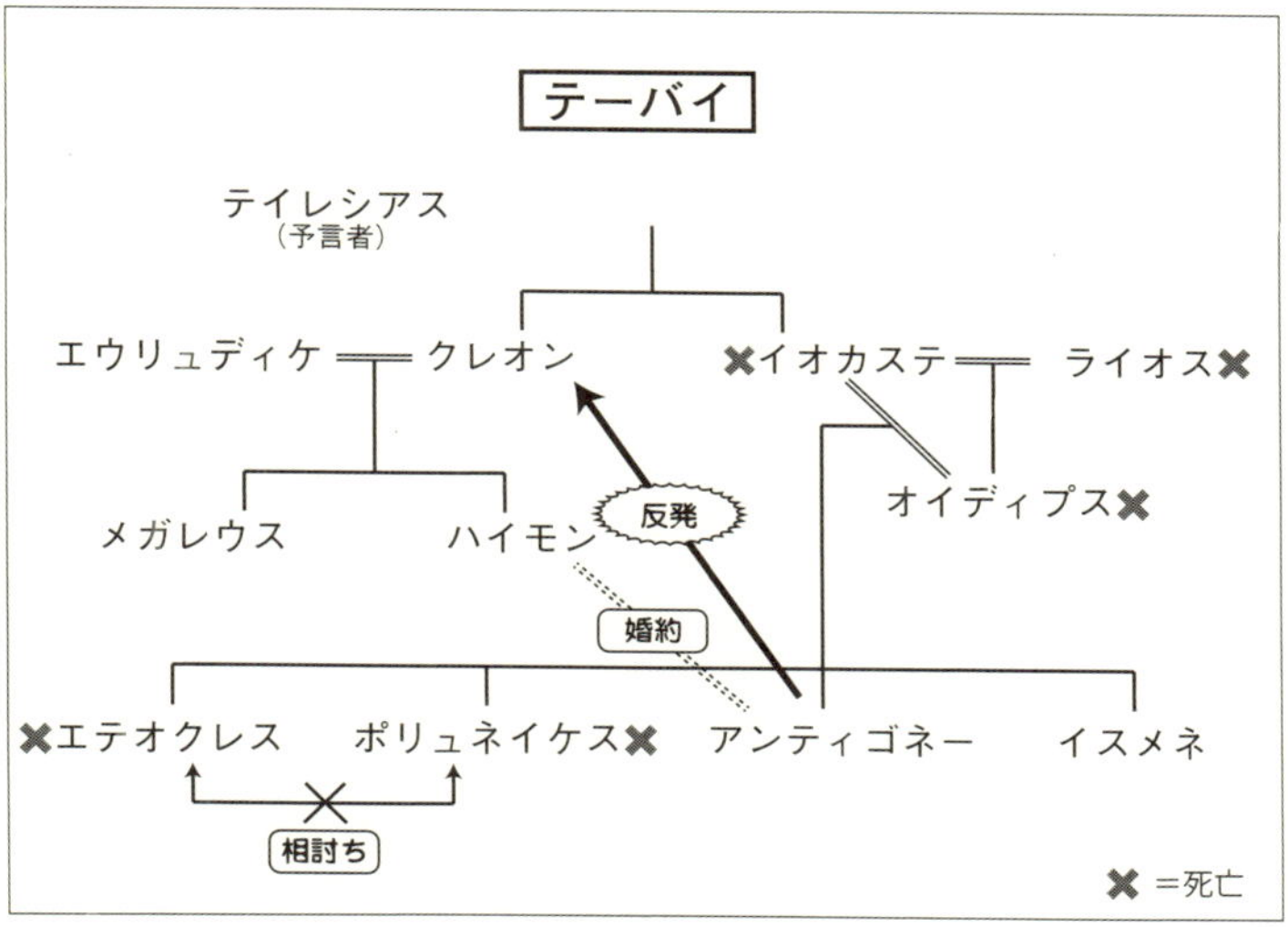

ソポクレス『アンティゴネー』人物相関図

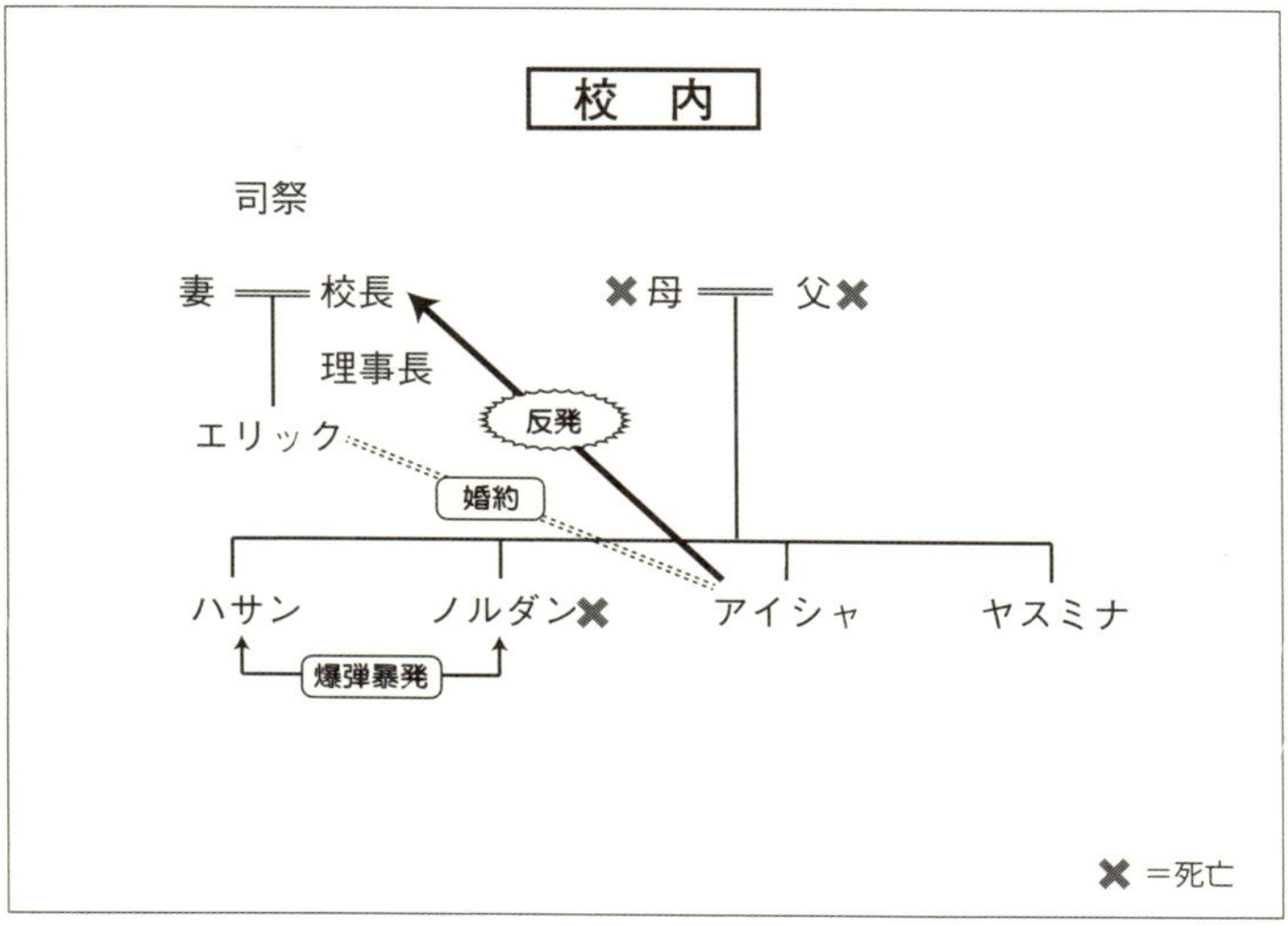

『ヴェールを被ったアンティゴネー』人物相関図

弟がともに命を落としたあとで劇がはじまるが、オストの「アダプテーション作品」では、手榴弾の暴発によってノルダンが死亡、ハサンは重傷という状態で幕があがる。そして、ハサンの容体の行方が劇の展開に一定の緊張感を与えている。爆発の原因は不明で、兄弟は争っていたのかも実はよくわからない。だが、クレオン役に相当する学校長は、手榴弾からイスラームのテロを連想し、ノルダンをテロリストと断定し、葬儀への参列とイスラームのヴェールの着用を生徒に禁じる。

兄の埋葬を禁じられたアンティゴネーの役どころであるアイシャは、イスメネ役に相当するヤスミナの制止を振り切って校長に抗議する決心をし、ヴェールを被る。これが『ヴェールを被ったアンティゴネー』における第一の対決である（プロローグ）。

第二の対決は、学校じゅうにノルダンの写真が貼られていることを見つけた教員二人が、校長に報告するシーンである（第一エペイソディオン第二場）。ソポクレスの「原作」に見られる番人のコミカルな様子も再現されている。

第三の対決は、ヴェールを被ってノルダンの写真を貼るという行為を見咎められたアイシャと校長の対決で（第二エペイソディオン第三場）、校長はアイシャに退学処分を下す。この「アダプテーション作品」においても、やはりクライマックスをなす場面である。

第四の対決は、校長とエリックの対決シーンである（第三エペイソディオン第一場）。エリックは校長の息子であると同時にアイシャの許嫁で、「原作」で言えばハイモン役である。本書に収録したインタビューにもあるように、ソポクレスの立場はハイモンに一番近いとオストは考えているようである。だとしたら、オストの立場はエリックの主張に最もよく表われているのではと見当をつけることもできよう。

第五の対決は、校長と司祭の対決である（第五エペイソディオン第一場）。フランスやベルギーなど、ヨーロッパのカトリック系の国々では、しばしば近代化の過程でライシテと呼ばれる世俗的な価値観と宗教の価値観が正面衝突して争った。その点を踏まえて読むと歴史の厚みも感じられる場面である。

このように、『ヴェールを被ったアンティゴネー』は、ソポクレスの『アンティゴネー』における五つの印象的な対決の場面をすべて取り入れて物語を構造化しており、よく似ている印象を与える。一方、著者の「まえがき」にもあるように、劇の背景や状況を伝えるコロスと呼ばれる合唱隊は、テレビなどのメディアに置き換えられている。結末では、エリックはアイシャの後追いをするところまではいかないし、校長の妻が死ぬために登場してくることもない。

◎『アンティゴネー』と『ヴェールを被ったアンティゴネー』における「五つの対決」対照表

（ソポクレス『アンティゴネー』からの引用は岩波文庫、中務哲郎訳による）

	ソポクレス『アンティゴネー』	『ヴェールを被ったアンティゴネー』
【第一の対決】 プロローグ	・エテオクレスとポリュネイケスの兄弟が互いに争い、刺し違えて死亡	・爆発事故でノルダンが死亡、ハサンが重体
	・クレオンはポリュネイケスの埋葬を禁じる	・校長はノルダンへの連帯感の表明やヒジャブの着用を禁じる
	・アンティゴネーはポリュネイケスの遺体を埋葬しようとして「この手で亡骸を持ち上げるのを助けてくれるか」と妹イスメネにもちかける	・アイシャはヴェールを被り、学校にノルダンの写真を貼ることを決意。「今こそ私たちは、私たちの大切な人たちのために行動しなければならない」と妹ヤスミナに呼びかける
	・イスメネは「私たち女は、男と戦うようには生まれついていない」と答える	・ヤスミナは「とても私たちの手に負えない」と答える
【第二の対決】 第一エペイソディオン	・ポリュネイケスの遺体が埋葬されている状況を報告に来る番人。「この一件は、手前はしておりはせん」	・ノルダンの写真が校舎に貼られている状況を報告に来る二人の教員。「私はこの話とは無関係です」。「私もです」
	・クレオン激高。「この埋葬を行った犯人を見つけ出し」てくるよう命じる	・校長激高。「犯人をここまで連れて来るんだ」

【第三の対決】第二エペイソディオン	・アンティゴネー「あなたのお触れは死すべき人間の作ったもの、そんなものに、神々の定めた、文字には書かれぬ確固不動の法を凌ぐ力があるとは考えなかった」	・アイシャ「あなたには、私の二人の兄を敵同士にする権利はありませんでした。ノルダンを私たちから切り離し〔……〕見殺しにする権利はなかったのです。私が私の宗教を表明しないようにする権利もなかったのです」
	・クレオンは、「〔エテオクレスは〕この国を滅ぼそうとした奴だ」と非難	・校長「そんなふうにヴェールを被ることは、ノルダンをはじめ、すべてのテロリストの大義を擁護することになるのだぞ」
【第四の対決】第三エペイソディオン	・クレオンを諫めるハイモン「あなたの仰言ることは正しく、他は間違っているなどと、ただひとつの考え方しかせぬことはお止め下さい」	・校長を諫めるエリック「いったいどうやったら最初から正しいなんて思えるわけ？　いつでも正しいわけ？」
	・クレオン「分別のかけらもないくせに、説教などして」。「女の奴隷のくせに、わしを言いくるめようなどとするな」	・校長「おまえが分別を失ってしまったのも、やはりあの女のせいだな。おまえの頭はヴェールが載っていない代わりに、雑念だらけだ」
【第五の対決】第五エペイソディオン	・テイレシアス「ひと度過っても〔……〕改めるに吝かでない者は、もはや無分別でも、幸に見放された者でもない」	・司祭「あなたは今すぐ方針変更をしなければなりません。ヴェールを認め彼女を復学させるのです」
	・クレオン「そなたは勝れた予言者だが、悪に手を染める嫌いがある」	・校長「あなたは司祭なのですから、それを教会で説教なさったらよろしい」

ソポクレスの『アンティゴネー』を下敷きにしながら、どのようなアレンジを加えているのか――そこに『ヴェールを被ったアンティゴネー』の読みどころがあると言えるだろう。そして、そのとき最大のポイントは、やはり主人公アイシャがイスラームのヴェールを被るということであろう。アイシャが被るのはヒジャブと呼ばれるスカーフで、頭髪を隠すヴェールである。

＊

ここで、学校でのヴェール着用の可否についても説明を加えておこう。『ヴェールを被ったアンティゴネー』が最初に発表されたのは二〇〇四年。ちょうどフランスで公立校における生徒による宗教的標章の着用が禁止される法律が制定され、実施に移された年である。

フランスでは、公立校は共和国を体現する場所として特権的に重視されている。共和国において教育に期待されているのは、それぞれの人間が個別的に埋め込まれている民族・宗教・文化や階級さらには性差などの環境から一度その人間を断ち切ったうえで、その自律した個人としての人間が政治参加を通して市民になることである。そのため、公教育が宗教の影響から解放されていること、そしてそのなかで批判精神を涵養（かんよう）することが重視される。ライシテという言葉には、政治と宗教、公教育と宗教の分離の意味合いが含まれている。

ところで、ライシテには、信教の自由の保障という側面もある。公的領域の宗教的中立性を打ち立てることによって、私的領域における宗教の平等な自由を確保するというのが、ライシテの基本的な考え方である。

公立校においてヴェールのような宗教的標章の着用を認めるかどうかは、公教育の非宗教性か、それとも生徒の信教の自由かというライシテのジレンマとも言える難問である。

二〇〇一年の九・一一から間もない当時のフランスでは、社会が「イスラーム原理主義」の脅威にさらされているとまことしやかに語られていた。そのようななかで、政府が招集した諮問委員会は、共和国を防衛するためには公立校での宗教的標章の禁止は妥当であると結論づけた。もちろん、自分の意志でヴェールを被っていた少女たちの信教の自由が犠牲になったことは否めない。それでもこの措置は、ヴェールを強制的に被らせているとされるムスリムの少女たちを「解放」することになると正当化されたのである。

一口に公教育の宗教的中立性と言っても、それは学校という制度にかかわるものなのか、それとも教師や生徒という人にかかわるものなのかによって、実態は異なる。人でも、公教育を提供する教員側と、それを受けるユーザー側である生徒は、必ずしも同一に並べられない。生徒のヴェールをも法律によって規制することを選んだフランスは相当に踏み込んでおり、ヨーロッパのなかでも例外的と言える。ただ、フランスの二〇〇四年制定の法律は、公立校に通う生徒は未成年であるということがポイントで（ヴェール禁止は彼女たちの良心の自由と信教の自由を保護することになるという論理になっている）、たとえば成人に達した大学生が国立大学で自分の意志でヴェールを被ることは禁じられていない。

もっとも、法的には禁じられていなくても、ヴェールの着用自体が社会の偏見にさらされることは避けられない。学校に子どもを送り迎えする親のヴェールはどうなのか、しばしばグレーゾーンとして扱われてきた。そして、このようなヴェールやイスラームに対する偏見は、なにもフランスにかぎらない。イギリスにもドイツにもヴェール問題は存在する。そしてフランスの隣国であるベルギーにも。

ベルギーでは、フランスのように公立校におけるヴェールの着用を一律で禁じるような法律は制定されていない。ライシテはフランスでは憲法原理をなしているが、ベルギーでは制度的にはカトリックやユダヤ教と並ぶ精神的価値観の「列柱」の一角を占めている。その意味では、ベルギーのライシテは、国民のコンセンサスではなくひとつのオプションである。このような社会で、生徒の信教の自由に抵触する可能性のある法律を定めることは困難である。実際、二〇〇四年一月に設けられた「間文化対話委員会」は、ヴェール問題に関してベルギーがフランスと同じ道を歩むことは望ましくないとする報告書を出している。その一方で、ベルギーの特にフランス語圏では社会の議論が隣国フランスとよく似てくる。ベルギーでは、一律に規制する法律がない代わりに各学校に判断が任されているのが実情で、フランス語共同体の公立校では実際には校則などでヴェールの着用を禁じている学校が多数派と言えるようである。

オストの作品の背景には、このようなフランスとベルギーの状況の違いと類似がある。フランスでは、二〇〇四年の法律までは、学校でのヴェール着用の可否はケースバイケースだった。オストは、一律禁止を定める法律を採択しようとしていたフランスを横目で眺めつつ、ベルギーに足場を置いてこの作品を書いたということになる。学校でのヴェール着用の禁止は妥当か否かという問いが、フランスでもベルギーでも、校長や生徒にとって非常にリアリティのあった時代に書かれた作品であることを意識したい。

それから十五年経つ。では、そのようなリアリティは当時のもので、今は過ぎ去ってしまったのだろうか。そうともかぎらない。ヴェール問題はそのあとも続いている。二〇一〇年から翌一一年にかけて、フランスとベルギーは相次いで、ニカブやブルカと呼ばれる全身を覆うヴェールを公共の場で着用することを禁止する法律を採択した。二〇一五年と翌一六年にはパリとブリュッセルでテロ事件が起きている。

本書に収録したオストのインタビューは、二〇〇〇年代後半になされたもので、アメリカ合衆国を唯一の超大国とする発言など、今から見るとひと時代前という印象を与えるところがあるかもしれない。だが、ヴェールの問題にしても、テロリズムの問題にしても、共生社会をどう実現していくかという課題にしても、本作品が投げかけている問いはけっして古びていない。それはこの作品が版を重ねて読まれていることからも窺えよう。それに、本作品の問いは、むしろますます他の社会にも及びつつあるのだと言えるかもしれない。その一端は、『ヴェールを被ったアンティゴネー』が二〇一七年になってスペイン語に翻訳されていることにも表われていよう。

＊

古びていないか、新しさを保っているか、それでも気になる場合には、十数年前のこの作品が、二五〇〇年近くも前の作品を下敷きにしていることに改めて思いを馳せたい。読み直す行為によって、何度でもアクチュアリティを確認することができ、また新しい作品に着想を与えることができるのが、古典の力というものだろう。

アンティゴネーがかねてよりさまざまに変奏されてきたことを論じたジョージ・スタイナーの

『アンティゴネーの変貌』(海老根宏・山本史郎訳、みすず書房、一九八九年)は、新しいアンティゴネーたちが今も生まれつつあると述べている。アイシャもその列に加わる一人だろう。

『マガジン・リテレール』誌は二〇一八年二月号に「私たちの革命──アンティゴネーから#MeTooへ」と題した特集を組んでいる。雑誌はFEMENからマララ・ユスフザイまで、アルジェリアの独立運動に参加した女性からトランプ米大統領の女性蔑視に反対する女性たちまで、家父長制にさまざまな形で異議を唱えてきた現代の女性たちをアンティゴネーの形象に連ねている。

日本では、アンティゴネーの形象は馴染みにくいところがあるだろうか。静岡県舞台芸術センター(SPAC)はアダプテーション作品『アンティゴネ』を手がけ、日本発の国際的な作品になっている。

また、二〇一八年の初頭にはジャン・アヌイの『アンチゴーヌ』をもとにした舞台が東京・松本・京都・豊橋・北九州で上演され、蒼井優がアンチゴーヌ役を演じている。アヌイの作品は、クレオンにも同情的なところがあると言われている。オストの『ヴェールを被ったアンティゴネー』はアヌイからの影響も受けており、固有名をもたない校長は、権威主義的な暴君のように振舞うことがある一方で、どこか中間管理職の悲哀を漂わせているところもある。

これは訳者個人の感想だが、日本では「クレオンの立場も考えよう」という同調圧力がともすると強くなりがちなので、現状においてはもっとアンティゴネーの突破力が必要なのではないかと期待したい。他方、日本でヨーロッパのヴェール問題が話題になるときには、規制は行き過ぎではないかという意見に傾くことが多いようだ。アイシャの肩を持ちたくなる場合には、あえて校長の言っていることにも一理あるのではないかと思考実験してみてもよいかもしれない。それでもやはり勝利するのはアイシャで、校長が間違っているという結論に落ち着くとしても、自分は間違っていたかもしれないと反省するだけの認識がもてる校長には――困難とはいえ――まだしも救いの道が残されているのではないだろうか。

アダプテーション作品には、おのずと原作との比較を促すところがある。そしてアダプテーション作品の翻訳には、二重化した外国文学をもとにして、目標言語の社会――この場合は日本のことである――を読み直すよう促すところがある。オストの作品が古代ギリシアにも現代日本にも通じているならば、翻訳の甲斐もあったということになるだろう。

訳者あとがき

本書は、François Ost, *Antigone voilée* を翻訳したものである。最初に出版されたのは二〇〇四年（Bruxelles, De Boeck et Larchier）だが、現在流通しているのは De Boeck Éducation から二〇一〇年に刊行された版で、こちらを底本とした。新版の巻末には、教材として用いることができる付録が加えられているが、付録部分の翻訳は割愛した。代わりに、著者に創作の背景や経緯などを尋ねたインタビュー記事 Claire de Galembert（entretien réalisé par）, « La tragédie du voile : Entretien avec François Ost », *Droit et société*, 2008/1 (n°68), pp.251-264. の翻訳を収めた。De Boeck はベルギーの老舗出版社で、二〇一七年に Van In 社に統合されたが、今でも商標は残り、二〇一〇年刊行の新版も版を重ねている。なお、原作はすでにスペイン語に訳され、メキシコで出版されている（*El velo de Antígona*, Traducción de Pauline Capdevielle y Eva Marina Valencia Leñero, México, Instituto de Investigaciones Jurídicas, 2017）。

訳者が著者に尋ねたところでは、作品の「初演」は、二〇〇五年にブリュッセルのマルティール劇場にて行なわれたプロの俳優たちによる朗読会で、会場は五〇〇人の聴衆で満席になった。同じ年、ブリュッセルのモレンベーク地区にて、今度は俳優が実際に舞台上で劇を演じている。いくつかの学校でも演じられており、著者も何度か足を運んだという。最近では、二〇一七年一一月にパリで、また二〇一八年三月にはルーヴァン゠ラ゠ヌーヴのジャン・ヴィラール劇場にて、朗読会と討論会が行なわれている。

＊

著者のフランソワ・オストは、一九五二年ブリュッセル生まれ。現在ブリュッセルのサン゠ルイ大学教授で、専門は法学・法哲学。大学では「法理論」や「法哲学」に加えて「法と文学」を講じている。

文学が一番の専門というわけではない法学部教授が、どうして本書のような戯曲を書くことができたのか、興味がそそられるところである。

オストがサン゠ルイ大学に入学したのは一九七〇年。一九六八年五月から間もない時期で、自由な雰囲気の漂う大学で法学と哲学を二重専攻。法学では国際私法を専門とし移民受入のためにも活動していたフランソワ・リゴー、哲学では特にポール・リクールの解釈学の影響を受けた。最初の著作（共著）には、ピエール・ルジャンドルの法思想史と精神分析の影響が見られる（François Ost et Jacques Lenoble, *Droit, mythe et raison*, 1980）。

オストの一番の専門を示す成果は、法の一般理論に関するミシェル・ヴァン・ド・ケルショーヴとの一連の共著だが（François Ost et Michel van de Kerchove, *Jalons pour une théorie critique du droit*, 1987 ; *De la pyramide au réseau ? Pour une théorie dialectique du droit*, 2002 など）、言語と翻訳に関する著作もある（François Ost, *Traduire : Défense et illustration du multilinguisme*, 2009 など）。法の観点からシェイクスピア、スウィフト、サド、バルザックを扱った研究もある。戯曲も本作『ヴェールを被ったアンティゴネー』のほか、サドとポルタリス、ロダンとカミーユ・クローデルを扱った作品がある（François Ost, *La nuit la plus longue : Sade et Portalis au pied de l'échafaud*, 2009 ; *Camille*, 2011）。

実に旺盛な仕事量といい、扱う範囲の広さと深さといい、驚嘆すべきものがある。ベルギーでは分野を隔てる壁が、フランスなどと比べて相対的に低いのではないかというのが著者の弁だが、それにしても、である。

質量ともに充実した著者の業績は多面的で、ともすれば拡散しているようにも映るが、著者の一貫した問題意識のひとつは、西洋的な人権の普遍性がさまざまな文化からの挑戦を受けて相対化されている状況のなかで、どのような対話が望ましいのかを実践的に考える点にあると思われる。それは対立を収束に向かわせようとするヘーゲルの弁証法ではなく、対話を開いて継続するメルロ＝ポンティの弁証法に近い。人間の経験を追体験できる文学を、積極的に法哲学に取り入れようとする著者の姿勢も、そのあたりから来ているのではないだろうか。

本作『ヴェールを被ったアンティゴネー』にも、そのような対話の継続を重視しようとする問題意識が見られるように思われる。確かにこの作品はソポクレス『アンティゴネー』のアダプテーション作品だが、その結末は転げ落ちていく悲劇というよりも、対話と問いに向かって開かれているところがある。

＊

訳者はもともと世俗と宗教の関係に興味があり、今から二〇年以上も前にはじめて『アンティゴネー』を知ってから、世俗の論理と宗教の論理が鋭く対立する物語とも見なすことができるこの物語に、そこはかとない関心を抱いてきた。他方、フランスのライシテを本格的に研究するようになってからは、イスラームのヴェールをめぐる議論が、政治と宗教、ジェンダー、植民地主義の歴史などに絡む複雑な問題であることは常々意識してきたつもりであった。

しかしながら、アンティゴネーの物語とヴェール問題を結びつけるような着想は、私のなかにはまったくなかった。このフランソワ・オストの作品の存在を私自身が知ったのはつい二、三年前で、まずは着眼点が素晴らしいと思った。実際に読んでよくできていると感銘を受け、著者の専門が法哲学と知ってさらに驚いた。これは面白いと、舌を巻きながら夢中になって読み、手すさびに訳してみたのが二〇一七年の年末のこと。

訳してみたのは、二〇一八年度の上智大学外国語学部の秋学期の授業で「ヨーロッパ文学のアダプテーション」の輪講を引き受けることになっていたからである。文学を専門としているわけではない私のような人間が講義を担当するには、ある程度きちんと準備をしておかなければならないと思ってのことだった。一通り訳してみると、今度は輪講のためだけに使うのではもったいなくなり、ゼミでも使えるような気がしてきた。

そこで、二〇一八年度春学期の上智大学でのゼミでは、冒頭のアイシャとヤスミナ、そしてアイシャと校長の対決の場面を用いて、日本語とフランス語で演じてもらった。また、グループワークの課題を出し、プロットを踏まえてさらなるアダプテーションを書いてもらうということもやってみた。

そのなかから二つ紹介しておきたい。ひとつは、熊本市の緒方夕佳市議が生後七か月の長男を抱いて議場に入場し議会が混乱したと報じたニュースに着想を得たものである（「熊本市議　議場に赤ちゃん「子育て女性も活躍できる場に」」毎日新聞、二〇一七年一一月二二日付）。愛さん（≒アイシャ）と靖美さん（≒ヤスミナ）はともに小さな子どもの母親でもある女性市議で、二人とも普段は子どもを預けてから議会にくるが、ある日、愛さんは子どもの預け先を見つけることができず、子どもを議会に連れてくる。靖美さんの制止を振り切って、子どもを抱いたまま議会に入場し、議長（≒校長）に咎められる。

議長　大変なことをしてくれたな。じきにメディアで大騒ぎになるぞ！　どうしていきなりこんな真似を？

愛　いきなりではありません。今まで私が託児所の設置を何度もお願いしてきたことは、議長もご存じのはずです。

議長　一人の議員のために、すぐ対応できるというものではないんだ。それくらいわかるだろう。

愛　一人の議員じゃありません。子どもをもつ議員はたくさんいるでしょう。

議長　小さな子どものいる女性議員は、君と川崎議員〔靖美のこと〕くらいじゃないか。

愛　女性議員？　男性議員のなかにも、最近お子さんの生まれた方がいるでしょう。子どもを育てているのは女性だけだとでも？

もうひとつも、実際の報道から着想を得たものである。ある愛知県の私立保育園では、運営に支障をきたさないためとして、園長が女性保育士の結婚と妊娠の時期と順番を決めているという（「「妊娠の順番決め」は守るべきルールか」毎日新聞、二〇一八年四月一日付）。

相原　子どもができてすみません。今年の十月から産休をいただきたいです。

園長　何を考えているんですか、相原先生。ここの規則を知らないわけじゃないですよね。いま吉田先生が産休に入っているのをご存じないんですか。

相原　もちろん知っています。でも私は以前からここの規則に疑問を抱いていました。職場が人の妊娠の順番を決めるというのは、おかしいのではないですか。

園長　普通の会社であればそうかもしれません。ですがうちは保育園です。ただでさえ人手不足なのに、二人とも産休で抜けてしまったら誰が子どもたちの面倒を見るんですか。私は子どもたちのことを一番に考えているんです。

ゼミで議論が盛りあがったことのひとつは、「私は以前からここの規則に疑問を抱いていました」という類の発言が、心のなかでは思っていても、実際にはなかなか相手に向かって正面切っては言えない雰囲気が今の日本社会には蔓延しているということだった。それでも今の日本社会にはおかしなルールが横行していて、変えるべき点が多々あるというのがゼミ参加者の大方の認識であった。そして『アンティゴネー』のようなプロットを利用した創作が、現状の風刺や批判にもなり、オリジナルの理解を深める通路にもなりうることを感得したようであった。

この『ヴェールを被ったアンティゴネー』は、上智大学の学部のゼミと輪講で扱ったほか、大学院の授業でも、二〇一九年度の東京大学の学部の授業でも「教材」として用いてみた。参加者の反応はそれぞれ違ったが、イデオロギー的な議論にも流されやすいイスラームのヴェール問題をより感覚的に掴むうえでも、『アンティゴネー』という古典をもとに現代日本におけるアクチュアリティを考えるうえでも、一定の有効性があったものと私自身は受け止めていて、繰り返し用いるに値するテクストという実感を強めている。

日本にアダプテーションするためのネタにもおそらく事欠かない。残念ながらこの国は何しろ

「ハラスメント大国」と揶揄されるような国なのだ。男女格差を表わすジェンダー・ギャップ指数が示しているように、女性の地位は国際的に見て低い。二〇一九年現在の近いところで言えば、#MeToo 運動の系譜に連なる形で、ヒールを履かされる苦痛を訴える女性たちの #KuToo 運動が起きている。対話を打ち切る権力者、権威主義的に振舞う有力者の顔があれこれ思い浮かんでしまうという人も少なくないだろう。

アダプテーショ作品はしばしば、さらなるアダプテーションの試みを連鎖的に引き起こすように機能するところがあるのではないだろうか。今回の翻訳を通してもしそのような動きが生じるならば、あるいはまた別の用い方を考案してくださる読者が出てくれれば、訳者としては望外の喜びである。

先述のように、翻訳のきっかけは、上智大学外国語学部の輪講「ヨーロッパ文学のアダプテーション」であった。輪講に誘ってくださったコーディネーターの小川公代先生は、巻き込んだ責任を感じられたのか、折角ここまで準備したのなら翻訳出版をと、小鳥遊書房の高梨治さんを紹介してくださった。研究蓄積もあるアンティゴネーに非専門家が手を出して翻訳するのはリスクがあるのではとも思ったが、自分の研究を活かしてアンティゴネーの物語に近づいていくことのできるまたとない機会であり、足りない部分は出版後も勉強を続けていけばよいと考えたら、少し気持ちが楽になった。フランス語の表現で疑問に思った点は、聖心女子大学のスティーブ・コルベイユ先生からアドバイスをいただいた。編集は演劇をこよなく愛する林田こずえさんが引き受けてくださった。林田さんは、本書がまるで現代日本のためにあるかのような問題提起をいくつも含んでいると背中を押してくださった。お世話になった方々に深く感謝したい。

伊達聖伸

二〇一九年六月一六日

【著者】

フランソワ・オスト

(François Ost)

1952年生まれ。ベルギー、サンルイ大学教授・副学長。
ルーヴァン大学客員教授、ジュネーブ大学客員教授を歴任。
専門は法哲学。法律と文学の関係、法理論と哲学、
環境法理論、人権の哲学、
そして最近では、言語と翻訳の理論も研究している。
主な著書に、
Sade et la loi, Paris, Odile Jacob, 2005.
Traduire : Défense et illustration du multilinguisme, Paris, Fayard, 2009.
Le droit comme traduction, Québec, Presses de l'Université Laval, Coll. « Verbatim », 2009.
À quoi sert le droit ? Usages, fonctions et finalités, Bruylant, 2016.
など多数。

【訳者】

伊達 聖伸

(だて・きよのぶ)

1975年仙台市生まれ。東京大学文学部卒業。
フランス国立リール第三大学博士課程修了(Ph.D)。
東京大学大学院総合文化研究科・教養学部准教授。
専攻は宗教学・フランス語圏地域研究。
主な著書に『ライシテ、道徳、宗教学』
(勁草書房、2010、サントリー学芸賞、渋沢=クローデル賞などを受賞)
『ライシテから読む現代フランス』(岩波新書、2018)など。
主な訳書にジャン・ボベロ『フランスにおける脱宗教性の歴史』
(三浦信孝との共訳、白水社、文庫クセジュ、2009)、
フェルナン・デュモン『記憶の未来 伝統の解体と再生』(白水社、2016)など。

ヴェールを被(かぶ)ったアンティゴネー

2019年8月5日　第1刷発行

【著者】
フランソワ・オスト
【訳者】
伊達聖伸

発行者：高梨 治
発行所：株式会社**小鳥遊(たかなし)書房**
〒102-0071　東京都千代田区富士見1-7-6-5F
電話 03 (6265) 4910（代表）／FAX　03 (6265) 4902
http://www.tkns-shobou.co.jp

装幀　坂川栄治＋鳴田小夜子（坂川事務所）
印刷　モリモト印刷(株)
製本　(株) 村上製本所

ISBN978-4-909812-17-9　C0098